그린글라스 하우스
❷

그린글라스 하우스 2

초판 1쇄 발행 | 2020년 2월 28일

글쓴이 | 케이트 밀포드
옮긴이 | 김경연

펴낸이 | 조미현
책임편집 | 황정원
편집진행 | 박단비
디자인 | 씨오디 color of dream

펴낸곳 | (주)현암사
등록 | 1951년 12월 24일 제10-126호
주소 | 04029 서울시 마포구 동교로12안길 35
전화 | 02-365-5051
팩스 | 02-313-2729
전자우편 | child@hyeonamsa.com
홈페이지 | www.hyeonamsa.com
페이스북 | www.facebook.com/hyeonami
블로그 | blog.naver.com/hyeonamsa
트위터 | twitter.com/hyeonami

ISBN 978-89-323-7502-1 44840
      978-89-323-7500-7 (세트)

* 이 책은 (주)한국저작권센터(KCC)를 통한 저작권자와의 독점 계약으로 (주)현암사에서 출간되었습니다. 저작권법
  에 의해 한국 내에서 보호를 받는 저작물이므로 무단 전재와 복제를 금합니다.
* 이 도서의 국립중앙도서관 출판예정도서목록(CIP)은 서지정보유통지원시스템 홈페이지(http://seoji.nl.go.kr)와 국
  가자료공동목록시스템(http://www.nl.go.kr/kolisnet)에서 이용하실 수 있습니다.(CIP제어번호:CIP2020006575)
* 책값은 뒤표지에 있습니다. 잘못된 책은 바꾸어 드립니다.
* 현암주니어는 (주)현암사의 아동 브랜드입니다.

그린글라스 하우스

②

케이트 밀포드 글 | 김경연 옮김

현암
주니어

그린글라스 하우스 ❷

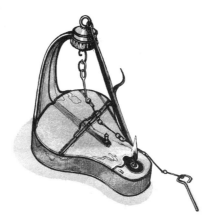

제 9 장

수달과 매의 눈 이야기

"헉."

밀로는 갑자기 회색 지대가 되어 버린 그린글라스 하우스를 응시하며 말문이 막혔다.

"맙소사."

파인 씨가 한숨을 쉬었다.

"이런 일이 일어날지 모른다고 예상은 했는데, 그래도 그렇지. 브랜든, 발전기 수리 좀 거들어 주겠나? 그리고 펜스터, 자네는 밀로하고 가서 노라가 임시로 불을 켜도록 좀 도와주겠나? 노라는 아마 몇몇 손님들 때문에 기겁을 했을 거야."

적어도 두 사람, 히어워드 부인과 고워바인 박사는 필경 겁에 질려

난리를 쳤을 거다. 밀로는 펜스터의 대답을 기다리지 않고, 할 수 있는 한 서둘러 집으로 향했다.

밀로는 아까 아빠와 함께 미끄러질 뻔한 일이 기억나 두 사람이 한꺼번에 계단을 오르지 않도록 애쓰며 포치 계단에 발을 내딛었다. 그런데 계단을 채 올라가기도 전에 고함 소리가 들렸다. 현관문을 열자 바로 아수라장이 나타났다.

"저예요!"

밀로는 소용돌이치는 여러 목소리를 향해 외쳤다. 잠시 들어 보니 캐러웨이 부인과 리지가 흥분을 잘하는 두 사람을 진정시키려고 애를 쓰고 있었다. 네 사람은 거실 한가운데 서 있었는데, 유일하게 남은 벽난로 불빛을 받아 얼굴들이 하나같이 괴물처럼 보였다. 빈지 씨는 보이지 않았다. 조지는 아직 위층에 있을 것이다. 클렘과 오웬 역시 1층을 떠난 것 같았다.

밀로의 어깨에 촛불이 비치고 파인 부인이 나타났다. 부인은 무섭게 화가 나 있었다.

"일단 사태가 진정되면, 이런 날 밤 아무 말도 없이 사라진 행동에 대해 크게 야단을 들을 게다."

부인은 단단히 말했다.

"하지만 지금 당장은 아니고."

부인은 방아쇠로 작동하는 기다란 그릴 라이터를 밀로의 손에 쥐어 주었다.

"가서 양초에 불을 붙여라. 그리고…"

파인 부인은 밀로의 어깨 너머를 바라보았다.

"펜스터 아냐?"

펜스터가 모자를 벗었다.

"네, 부인. 그렇지만 지금은 신분을 숨기고 있어요."

펜스터는 파인 부인에게 과장된 윙크를 했다.

"그냥 비천한 수도원 정원사 접니다."

파인 부인은 눈을 깜박거리며 한숨을 쉬었다.

"사연은 나중에 듣도록 하지요. 밀로, 아빠는 어디 계시니?"

"발전기 시동을 걸러 가셨어요."

밀로는 엄마에게 가까이 오라고 손짓하고 목소리를 낮추었다.

"브랜든 레비도 함께 있어요."

"역시 신분을 숨기고 있죠."

펜스터가 몸을 숙이고 속삭였다.

"양초에 불을 켜라니까."

파인 부인이 다그쳤다.

"그래야 저 두 사람이 세상이 어두워졌으니 종말이 오리라고 생각하는 것을 멈추지. 난 랜턴을 가지러 지하로 내려갈게. 펜스터, 좀 도와주시겠어요? 내가 당신 이야기를 사람들에게 했는데, 설명을 좀 드려야 할 것 같아요."

부인은 펜스터와 둘이서 부엌에 있는 지하실 문을 통과하며 덧붙였다.

밀로는 엄마가 그날 일찍 식당 탁자 중앙에 예술적으로 설치해 놓은 양초 장식을 향해 곧장 나아가서는 방아쇠를 꼭 쥐고 차례차례 심지에 불을 붙였다. 메디가 탁자 건너편에서 촛불 사이로 밀로를 바라보았다. 밀로는 팔짝 뛰어오르며 자기도 모르게 꽥 소리를 질렀다.

"너 어디 있었어?"

"넌 어디 있었는데?"

메디가 받아쳤다.

"난 바로 여기 있었어. 모든 것이 진정될 때까지 그냥 가만히 있는 게 최선인 것 같았어."

메디는 거실 쪽을 향해 고개를 끄덕여 보였다. 거실에서는 믿을 수 없을 정도로 시끄러운 소리가 일고 있었다. 히어워드 부인과 고워바인 박사가 지나가는 펜스터를 발견하고 새로 온 낯선 사람이 누군지 알려 달라고 요구했다.

"저 두 사람 왜 저래?"

부엌 카운터 위에 불이 켜지지 않은 촛대가 세 자루 있었다. 밀로는 촛대를 모아 들고 거실로 가져갔다. 그리고 고함을 지르는 사람들 사이로 비집고 들어가 어설프게 라이터를 들어 올린 다음 딸깍 불을 켰다.

손님들은 깜짝 놀라 소리 지르는 것을 멈추었다. 밀로는 불을 붙이지 않은 촛대 두 자루를 리지 캐러웨이에게 건네주고, 세 번째 촛대에 불을 붙여서 히어워드 부인에게 떠밀었다. 부인은 도와주고 싶어서라기보다는 자기를 방어하는 차원에서 촛대를 받았다.

"그건 소파 옆 탁자 위에 놓을 거예요."

밀로가 탁자를 가리키며 말했다.

히어워드 부인이 입을 열려고 했다.

"바로 저기요."

밀로는 부인이 말을 꺼내기 전에 덧붙였다. 노부인은 얼굴을 찡그렸지만 시키는 대로 했다.

밀로는 어리벙벙한 표정으로 지켜보고 있는 리지에게서 또 다른 촛대를 가져왔다. 이번에는 불을 붙여 고워바인 박사에게 떠맡겼다.

"이건 현관 옆 탁자에 둘 거예요. 저기요, 부탁드려요."

박사 역시 상을 찌푸렸지만 군말 없이 가져갔다.

리지는 마지막 초를 건네주었다. 밀로는 돌아온 히어워드 부인이 다시 소리치기 전에 부인에게 초를 넘겼다.

"고맙습니다."

밀로는 부인이 눈에 띄게 불쾌해하는 것을 무시하며 말했다.

히어워드 부인이 놀라서 밀로를 바라보았다.

"처, 천만에."

"잠시 앉아서 쉬시는 게 어때요?"

밀로가 제안했다.

"양초는 가져가세요. 그리고 고워바인 박사님, 정말 도와주고 싶으시다면 리지를 위해 장작을 가져다주시겠어요?"

작달막한 남자는 캐러웨이 부인에게 고함을 지르려고 부엌으로 따라가던 발걸음을 멈추었다. 박사는 밀로를 노려보다가 발길을 돌려서는 슬그머니 로비로 가서 코트를 입었다.

밀로는 미소 지으며 생각했다.

'심지어 난 네그렛의 거절할 수 없는 말솜씨 기술을 사용할 필요도 없었어. 그냥 해냈어.'

밀로 엄마가 네 개의 등유 랜턴 손잡이를 팔에 걸고 다시 나타났다. 펜스터가 엄마 바로 뒤에서 산더미 같은 담요를 들고 왔다. 펜스터의 팔목에는 몇 개의 랜턴도 매달려 있었다. 이미 1층은 촛불이 밝혀지고 조용했다. 히어워드 부인은 조용히 소파에 앉아 뜨개질을 하고, 고워바인 박사와 리지는 벽난로 옆에 장작을 쌓고, 밀로와 메디는 크리스마스트리 뒤 구석에서 상의를 하고 있었다.

"와, 내가 기대했던 광경은 아니네."

파인 부인이 말했다.

조지가 비틀거리며 계단을 내려와 촛불이 밝혀진 식당으로 들어왔다.

"아, 4층만 불이 나간 것이 아니군요."

"네. 집 전체에 전기가 나갔어요. 하지만 다 괜찮아요."

밀로의 엄마가 대답했다.

"젊은이는 어때요?"

조지는 어깨를 으쓱하고 느릿느릿 부엌으로 들어갔다. 비참해 보였다.

"잘 모르겠어요. 둘만 두고 나왔거든요."

조지는 말을 멈추고 궁금한 눈으로 펜스터를 흘낏 바라볼 만큼 슬픔에서 벗어나 정신을 차렸다.

"처음 만나는 분 같은데요."

펜스터는 짧게 몸을 굽혀 인사를 했다. 그 바람에 하마터면 들고 있던 혹한용으로 지급할 담요들과 함께 넘어질 뻔했다. 두꺼운 담요 두 장이 마루에 떨어졌고, 마침 그때 1층으로 돌아온 빈지 씨가 담요에 걸려 거의 널브러질 뻔했다.

"펜스터 플럼이라고 합니다, 숙녀분. 그리고 신사분."

펜스터는 빈지 씨에게 고개를 까딱이며 덧붙였다.

"전 정원사입니다. 언덕 꼭대기 수도원에서 일하지요. 날씨 때문에 그만 집에 가는 길이 막히고 말았습니다. 집은 저 아래 샌티타운에 있는데, 이런 끔찍한 밤에 가기에는 상당히 먼 길이지요. 이제 숙녀분께서는 제가 어떻게 여기 오게 되었는지 이해하실 겁니다. 이상할 건 전혀 없습니다."

조지는 펜스터의 말을 들으며 눈이 휘둥그레졌다. 하지만 폭풍 한가운데서 정원 일을 하는 것도, 이런 끔찍한 밤에 먼 길을 가려고 시도하는 것도, 펜스터의 지나치게 장황한 설명도 전혀 이상하지 않다는 듯이 고개를 끄덕였다. 밀로는 조지가 조금도 속지 않았다고 확신했다.

파인 부인이 펜스터에게 경고의 눈길을 주며 말했다.

"네, 전혀 이상할 것 없지요."

"혹시 부인 이야기에 나오는 펜스터가 아닌가요, 파인 부인?"

빈지 씨가 떨어진 담요를 주워 올리며 물었다.

"네, 맞습니다! 노라가 그 이야기를 했다고 하더군요!"

밀로의 엄마가 대답하기도 전에 펜스터가 말했다.

"그렇다면 선생 입장에서 직접 이야기해 주십시오. 우린 서로 이야기를 들려주고 있거든요."

빈지 씨가 담요들을 펜스터가 쌓아 놓은 곳에다 돌려놓으며 제안했다.

"기꺼이 그러죠! 사실, 지금 당장 할 수도 있어요. 때는 4월…"

"지금은 말고요, 펜스터. 팔이 아파 죽을 것 같아요."

파인 부인이 말을 가로막았다.

뼈가 튀어나온 손에 초록색 실타래를 달랑거리며 바삐 거실에서 나온 히어워드 부인이 난처한 상황에서 구해 주었다.

"오, 파인 부인? 히스테리를 부리는 것처럼 보이고 싶지는 않지만, 오늘 밤 우리가 침대에서 추위에 떠는 걸 막아 줄 방법은 뭐죠?"

"아마 곧 발전기가 전기를 다시 돌려 줄 거예요."

파인 부인이 말했다. 주제를 바꿀 수 있어 안도하는 어조였다.

"하지만 모든 분의 방에 지금 랜턴을 가지고 올라갈게요. 남은 담요와 뜨거운 물주머니도 대단히 많아요. 혹시 모르니까요. 이 집이 외풍이 있고 낡은 건 사실이지만, 나뭇가지와 진흙으로 지은 건 아니랍니다. 꽤 오랫동안 열기가 빠지지 않을 테니 당장 추위에 떨까 봐 걱정하지 않으셔도 돼요."

히어워드 부인은 회의적으로 보였지만, 파인 부인은 펜스터를 계단 쪽으로 밀며 함께 위로 올라갔다. 조지가 부엌으로 와서 손수 머그잔에 커피를 따르며 말했다.

"하나 생각났어요. 이야기 말이에요."

조지는 머그잔을 들고 거실로 가서, 빈지 씨 맞은편 의자에 털썩 주저앉았다.

"오늘은 내가 이야기해도 되겠죠?"

"그럼요, 당연하죠."

밀로가 말했다.

조지가 컵을 들여다보다가 얼굴을 들었다.

"밀로, 어제 네 엄마 말씀이 뜨거운 토디를 원하는 사람이 있다면 위스키를 줄 수 있다고 하셨는데, 내 커피에 위스키 좀 탈 수 있을까?"

"그럼요."

밀로는 술 보관장으로 가서 위스키를 찾아 갖고 왔다. 조지는 술병을 열어 컵에 넉넉하게 따른 다음 병을 돌려주었다. 그리고 위스키와 커피를 집게손가락으로 저어 길게 한 모금 마시고는 움찔했다.

"들어 보세요."

마침내 조지가 말했다. 전날 밤, 히어워드 부인은 명령조로 이야기를 시작했었는데, 지금 조지의 말은 한숨처럼 들렸다.

"두 문라이터가 있었어요. 아주 유명한 도둑들이었죠. 하나는 곡예를 잘 부려서 수달이라고 불렸고, 성격이 활달한 것으로도 유명했어요. 또 한 사람은 매의 눈이라고 불렸는데, 목표물을 정하면 모든 것을 살펴보고 모든 것을 연구했어요. 작은 정보 하나라도 놓치거나 낭비하지 않았죠.

물론 두 도둑은 서로 알고 있었지만, 마주친 적은 없었어요. 그런데 무슨 운명의 장난인지 수달과 매의 눈은 같은 소녀를 사랑하게 되었답니다.

소녀는… 글쎄요, 무엇 때문에 사람이 사랑에 빠지는지 말하기는 불가능하지요. 그러니 두 도둑이 어떻게 소녀를 사랑하게 되었는지는 알 수 없어요. 소녀는 보기에도 퍽 괜찮은 용모였지만, 그게 이유는 아니었어요. 재치가 뛰어났고, 생각이 특별하고 매혹적이었어요. 그건 소녀가 가진 매력의 일부였어요. 소녀는…"

조지는 어깨를 으쓱했다.

"소녀는 누구에게든, 그 사람이 여자든 남자든, 바뀔 것을 요구하는 사람이 아니었어요. 하지만 도둑들은 소녀가 사랑을 받아 주는 기적이 일어난다면, 급료를 받는 일자리를 찾아볼 수도 있다고 남몰래 생각하고 있었어요. 만약 소녀가 요청하면 말이죠."

난롯가에 앉아 밀로는 문라이터로 시작한 흥미진진한 이야기가 따분한 사랑 이야기로 바뀌지 않을까 걱정했다. 조지가 이야기를 계속했다.

"이유가 뭐든, 수달과 매의 눈은 둘 다 소녀를 미치도록 사랑하게 되었답니다. 그리고 둘 다 도둑인지라 어떻게 하면 소녀의 마음을 훔칠 수 있을까 생각하기 시작했어요."

'다행히 도둑질 이야기로 돌아왔어.'

밀로는 생각했다.

"그런데, 최고의 도둑 둘이 같은 약탈품을 노리면서 서로의 존재를 모른다는 건 사실상 불가능하지요. 얼마 지나지 않아 수달과 매의 눈은, 서로 이야기는 들었으나 만난 적은 없는 두 도둑은 같은 대상을 탐색하고 있다는 걸 알게 되었어요.

소녀의 마음으로 가는 길이 귀중한 물건을 선물하는 것처럼 한 사람에게서 빼앗아 다른 사람에게 줄 수 있는 간단한 것이었다면, 승산은 완전히 수달에게 있었고 매의 눈은 결코 기회를 얻지 못했을 거예요. 수달은 보석과 귀중품의 전문가였고, 그런 것을 훔치는 솜씨는 당할 자가 없었지요. 몰래 들어가는 것, 물건을 들고 나오는 것, 흔적도 없이 도망치는 것, 모든 면에서 술수가 뛰어났어요.

하지만 소녀는 그런 걸 원하는 사람이 아니었고, 둘 다 그 사실을 알았지요. 그래서 또한 둘 다 매의 눈이 유리하다는 걸 알았어요. 매의 눈은 정보를 끈기 있게 구하는 데도, 오래지 않아 비밀로 숨길 수 없을 정도로 완전하게 특징을 알아내는 데도, 어떤 비밀이 중요하고 어떤 것이 중요하지 않은지를 알아보는 데도 대가였거든요. 소녀가 도둑의 헌신적인 마음을 확신할 수 있는 단 하나의 선물이 있다면, 소녀에게 줄 수 있는 단 하나의 선물이 있다면, 그것을 찾을 최고의 기회는 매의 눈이 가지고 있었어요. 하지만 매의 눈은 수달이 지켜보고 있다는 것을 알았고, 조심하지 않으면 찾은 것을 소녀에게 주기도 전에 수달이 훔치려 할 것을 알고 있었지요. 만약 매의 눈이 찾은 것이 훔쳐서 빼앗아 갈 수 있는 물건이라면, 매의 눈조차도 그것을 수달로부터 지키는 데 애를 먹었을 거예요.

이야기를 더 끌지 않을 게요. 매의 눈은 도시의 기록 보관소 깊은 곳에서 찾고 있던 것을 발견했어요. 소녀는 어렸을 때 입양되었거든요."

밀로는 조금 더 자세를 바로잡았다.

"시의 기록 보관소 상태는 정말 엉망이었기 때문에, 소녀는 가족에 대해 전혀 알 수 없었어요."

"친부모에 대해서 말이죠. 입양한 부모가 가족이 되었으니까요."

밀로는 본능적으로 말을 수정했다. 조지가 사과하는 눈으로 밀로를 쳐다보았다.

"맞아, 미안, 밀로. 소녀는 친부모에 대해 아무것도 알 수 없었지만 늘 궁금했어요. 매의 눈은 소녀의 친부모에 대해 특별한 단서를 찾을 수 없었지만, 소녀가 입양되기 전부터 갖고 있던 한 가지 정보를 추적할 수 있었어요. 가운데 이름이 랜스디가운이라는 것이었어요."

밀로는 몸이 굳었다. 소파에 앉아 있던 히어워드 부인도 마찬가지였다. 두 사람은 방을 가로질러 서로 흘낏 쳐다보았다. 밀로는 부인을 보며 눈썹을 치켜올렸고, 히어워드 부인은 고개를 끄덕이며 한 손가락으로 자신의 입술을 톡톡 두드렸다.

조지는 밀로와 히어워드 부인이 주고받는 몸짓을 알아차리지 못한 것 같았다.

"매의 눈은 그것이 어떤 집의 지금은 잊힌 옛날 이름이라는 사실을 발견하고 그 뜻을 알아내기로 결심했어요. 하지만 발견한 사실을 적어 놓지는 않았어요. 수달이 밤마다 몰래 들어와 정보를 찾고 있다는 걸 알았거든요. 가지고 있는 물리적인 단서는 해도뿐이었어요. 랜스디가운이라고 불리던 시절부터 내려온 집과 관련된 유물. 매의 눈은 그 해도의 비밀을 따라갈 계획이었고, 이 단서를 숨기기 위해 미끼를 만들었어요. 진짜하고 매우 유사한 지도를 만든 거예요. 그러고는 가짜 지도를 신중하게 살펴보는 척했어요. 들여다보지 않을 때는 마치 귀중한 물건인 듯, 그것을 도둑의 눈으로부터 보호하는 게 인생에서 가장 중요한 일인 듯, 가능한 한 조심스럽게 감추었지요. 예상한대로 매의 눈이 어느 날 아침 일어나 보니 지도가 마치 존재하지도 않았던 것처럼 깨끗이 사라져 버렸답니다. 수달이 가짜 지도에 열중해 있는 동안, 매의 눈은 시간이 별로 없다는 걸 알았기에 그 집을 향해 떠났어요.

매의 눈은 그 집에 도착하고서야 자신의 실수를 깨달았어요. 수달에게 단서를 남긴 것이지요. 계획은 훌륭했는데 결과가 나빴던 거예요. 가짜 지도를 만들 때 매의 눈은 진짜 종이와 같은 종이를 사용해서 수달이 믿게 할 작정이었지요. 그런데 그 종이는 골동품이어서 어디서 구할 수 있는지 알아봐야 했어요.

매의 눈으로부터 숨을 수 있는 것은 없었어요. 오래는 아니었어요. 매의 눈이 버려진 창고에서 똑같은 옛날 종이 상자를 찾아내는 데는 거의 시간이 걸리지 않았어요. 당시 매의 눈은 몰랐지만, 워터마크가 있는 종이는 아주, 아주 오래전 집주인을 위해 특별히 제작된 것이었답니다. 수달은 가짜 지도를 손에 넣었을 때 그 사실을 발견한 거예요. 가짜 지도 자체는 수달에게 진짜 정보를 주지 않았다 해도, 수달은 워터마크에 대한 정보를 찾아 나섰어요. 경쟁자를 따돌리려고 매의 눈이 온갖 노력을 기울였어도 가짜 지도는 수달을 곧바로 랜스디가운 하우스로 이끌어 주었어요.

두 도둑은 단 몇 시간 간격으로 그 집에 도착했어요. 그런 다음 물론, 그 집의 비밀을 찾기 위한 경주가 벌어졌어요. 도둑들은 서로 모르는 척했지만, 일단 서로 소개를 받은 다음에는 짐짓 예의를 차리고 대했어요. 하지만 내내 두 도둑은 제정신이 아니었고, 서로를 말없이 몰래 지켜보았죠."

당연히 조지와 클렘, 파랑 머리와 빨강 머리의 이야기였다. 조지는 남자 도둑 이야기인 척하고 있지만 그건 신경 쓸 일이 아니었다.

'난 두 사람이 서로 모르는 척한 걸 알고 있어.'

밀로는 고개를 끄덕이며 생각했다.

"그런데 생각지도 못한 일이 일어났어요."

조지가 말을 중단하고 위스키를 탄 커피를 또 한 번 길게 한 모금 마셨다.

"생각지도 못한 일이란, 바로 소녀가 그 집에 나타난 거예요. 소녀가 나타난 건…."

조지의 목소리가 이상한 목쉰 소리를 내며 끊겼다. 조지는 얼굴을 찡그리며 한 모금 더 마셨다.

"소녀가 나타난 건 수달이 거기 왔음을 알았기 때문이에요."

"어떻게 알았나요? 소녀는 그 집에 대해 모르는 줄 알았는데. 그들이 그 집을 찾고 있다는 것을 소녀는 어떻게 알았어요?"

밀로가 물었다.

"몰랐어. 소녀는 도둑들이 자신의 과거의 잃어버린 조각을 찾고 있다는 걸 알아서 온 것이 아니었어요. 소녀는 그들이 거기 있다는 걸 알았기 때문에 온 거예요. 특히 수달이 있다는 걸 알았기 때문이죠. 소녀 자신과 관계된 무슨 계획이 있다는 걸 알아서가 아니었어요. 그냥 수달이 있으니까 온 거예요."

조지가 밀로를 멍하니 바라보았다.

"이해하겠니?"

밀로는 고개를 저었고 조지는 한숨을 쉬었다.

"그동안 내내…."

조지의 목소리는 속삭임이 되었다.

"수달과 매의 눈이 사랑에 빠졌을 때, 둘이 사랑했던 소녀도 사랑에 빠져 있었던 거예요. 물론 둘 가운데 오직 한 사람에게. 매의 눈은 그가 사랑에 빠진 사람이 아니었어요."

"'그'라고 하셨어요."

밀로는 그렇게 말한 다음 실제로 조지가 한 말이 무엇인지 깨달았다. 조지는 소녀가 실제로는 남자이고, 수달과 매의 눈은 남자가 아니라 여자이며, 그리고 매의 눈이 자신이라는 것을 폭로한 것이었다.

커피 잔이 조지의 손에서 흔들렸다. 히어워드 부인이 부드럽게 커피 잔을 가져갔다.

"조지와 클렘이에요?"

밀로는 방금 알아낸 척 물었다.

"두 분이 이야기의 도둑이고, 둘 다 새로 온 오웬을 좋아한 거지요?"

"좋아했냐고?"

조지가 두 손을 무릎에 모으고 짧게 웃었다.

"그래, 밀로."

조지는 깊고 들쭉날쭉한 숨을 쉬고는 깍진 손가락을 풀어 노부인이 잡은 컵에 손을 뻗었다.

"그리고 그 사람은 클렘을 선택했어."

잠시 침묵이 흘렀다. 그러다가 트럼펫을 부는 듯한 소리가 방 안을 가르는 바람에 모두 벌떡 일어섰다. 히어워드 부인이 코를 푼 것이었다.

"미안합니다."

부인이 빠르게 눈을 깜박이며 말했다.

"계속하세요."

우는 걸까? 밀로가 히어워드 부인의 울음에 대해 생각을 정리하기도 전에 메디가 크리스마스트리 뒤에서 몸을 내밀더니 화난 표정으로 밀로의 어깨를 주먹으로 쳤다.

"집중해. 우린 단서가 필요해, 네그렛."

메디가 속삭였다.

밀로는 어깨를 문지르며 자기 역할로 돌아갔다.

"저… 잃어버린 공책에 이 집에 대한 정보가 들어 있고, 누군가 이 집과 관련되었다고 이야기하셨잖아요. 그 사람이 오웬인 거죠?"

네그렛이 물었다. 조지가 고개를 끄덕였다.

"그런데 매의 눈, 그러니까 조지는 도둑맞을까 봐 아무것도 적지 않았다고 말씀하셨잖아요."

"이곳에 와서 안전하다는 생각이 들 때까지는 그랬지."

"그럼 왜 이 모든 것을 지금 이야기하는 거예요? 그렇게 비밀에 부치고, 감추고, 숨겼으면서…"

네그렛이 물었다.

"왜냐하면 밀로, 그가 클렘을 선택했으니까. 클렘이 그의 마음을 훔치려고 무슨 일을 했기 때문도 아니야. 클렘은 그러려고 시도조차 하지 않았어. 그런데 클렘은 노력하지 않아도 이미 해냈다는 사실을 깨닫지 못한 것 같아. 그는 클렘을 선택했어. 그러니 이제 누가 랜스디가운의 비밀을 발견하느냐는 중요하지 않아."

조지는 커피를 크게 한 모금 마셨다.

"난 끝났어. 아무튼 아무 소용도 없어. 그가 클렘한테 오려고 거의 얼어 죽을 뻔한 모습을 본 지금은 그래. 클렘이 발견하는 편이 더 나을 거야."

조지는 거의 빈 컵을 내려다보더니 네그렛에게 컵을 건넸다. 그러고는 손을 무릎에 찰싹 치며 불안정한 자세로 일어서서는 방 안에 남은 사람들에게 어색하고 가볍게 절을 했다. 네그렛과 시린, 히어워드 부인, 빈지 씨, 고워바인, 리지, 그리고 이야기 끝 무렵에 온 집 안에 랜턴을 나눠 놓고 돌아온 펜스터와 파인 부인에게.

"끝입니다."

조지가 부드럽게 말했다. 그 말과 함께 조지 모셀은 위층으로 사라졌다.

"슬프네. 가여운 어린 양. 가엽고 작고 파란 어린 양."

히어워드 부인이 오랫동안 침묵한 뒤 말했다. 펜스터가 고개를 끄덕이며 말했다.

"슬픈 모습을 보는 건 싫어요. 누가 저분에게 달콤한 케이크 같은 걸 만들어 주는 게 좋겠어요."

모두 몸을 돌려 펜스터를 바라보았다.

"그렇게들 생각하지 않습니까?"

펜스터가 물었다.

"달콤한 케이크를 먹으면 누구든 기분이 나아지지요. 휴, 그럼 제가 직접 만들어 볼게요."

"케이크를 만들 수 있어요?"

시린과 히어워드 부인이 한 목소리로 물었다.

"글쎄요, 그걸로 먹고 살 정도의 실력은 아니에요."

펜스터의 얼굴이 약간 분홍색으로 변했다.

"하지만 밀가루 분량은 달 수 있어요. 이 근처 어딘가에 분명히 요리책이 있을 텐데. 노라, 요리책 갖고 있지요?"

파인 부인이 살짝 미소를 띠고 고개를 끄덕였다.

"물론이죠, 펜스터."

노부인은 코웃음을 쳤다. 그러나 표정은 부드러워졌다.

"내가 도와주지 않을 이유가 있을까요, 펜스터 씨? 우리, 아침에 조지를 위해 케이크를 구웁시다. 파란색 아이싱도 입힐 수 있을 거예요."

"그럼요, 부인! 제 방 어딘가에 파란색 펜이 있는 것 같으니까요. 그럼 아침 일찍 시작할까요?"

펜스터는 빠르고 가볍게 거수경례를 했다.

"전 밖으로 나가서 발전기가 어떻게 되어 가는지 봐야 할 것 같습니다."

히어워드 부인은 펜스터가 문밖으로 나갈 때까지 점잖게 미소 지었다.

"밀로, 얘야, 펜스터 씨가 정말 아이싱에 파란색 잉크를 쓸 거라고 생각하는 건 아니겠지?"

밀로는 움찔했다.

"아마도요."

밀로는 부인이 되찾은 이래 손에서 떼어 놓지 않는 가방을 흘낏 내려다보았다.

"히어워드 부인? 랜스디가운과 이 집에 대해 알고 있는 사실을 조지에게 이야기하실 생각이세요?"

부인이 망설였다.

"잘 모르겠구나. 조지는 더 이상 알고 싶어 하지 않는 것 같아서 말이다, 밀로. 더 상처받을 수도 있어."

"오웬에게 말씀하실 수도 있잖아요. 그게 오웬의 가운데 이름이라면 분명 첫 번째 가문의 후손일 테니까요."

밀로는 그런 제안을 하며 자신의 목소리가 올라가는 것을 들을 수 있었다. 필사적이었지만 그렇게 보이지 않으려고 애를 썼다. 밀로는 주머니에 손을 밀어 넣고 열쇠를 움켜잡으며 이미 너무나 좋아하게 되어 버린 상상 속의 아버지 블랙잭을 생각했다. 만약 누군가 오웬의 과거에 대한 정보를 갖고 있으면서도 알려 주지 않는다면 얼마나 부당한가. 오웬이 전혀 낯선 사람이라는 사실은 밀로에게 중요하지 않았다. 오웬은 자신의 유산에 대해 알 기회가 왔고, 만약 밀로가 무언가 정보를 줄 수 있다면 그 기회는 헛되지 않을 것이었다.

"생각해 보마."

히어워드 부인은 잠시 집 철문에 수놓인 상징들을 내려다보고는 마치 그 문제는 끝났다는 듯이 가방을 돌렸다.

밀로는 고개를 끄덕이고 서 있다가 다시 흘낏 가방을 바라보았다.

"그 철문은 뭘까요? 그 당시 이곳 땅에 그런 철문이 있었을까요?"

부인이 상을 찡그렸다.

"너도 알다시피 난 철문에 대해선 정말 아무것도 모른다."

그 뒤에 밀로는 거실 쪽 앞 유리창을 마주 보는 높은 등받이 커플 소파에서 메디를 발견했다. 메디는 팔걸이에 등을 기대고 앉아 식탁 위에서 깜박이는 나뭇가지 모양 촛대가 드리운 그림자를 말끄러미

바라보고 있었다. 메디는 밀로가 옆에 와서 앉자 고개를 들었다.

"또 새로 온 남자는 누구래? 오웬 말고, 다른 사람."

"펜스터 플럼. 우리… 단골손님이야. 그가 정체를 드러내지 않도록 행운을 빌어 줘."

"어딘가에서 본 사람 같아."

메디가 중얼거렸다. 불안한 목소리였다.

"항구 근처에서 보았을 거야. 오랫동안 거기 있었거든."

"그 사람, 네 엄마가 이야기했던 사람 맞지? 독 홀리스톤과 아이 유령을 보았다던 사람?"

파인 부인이 그들 사이로 몸을 구부렸다.

"밀로, 괜찮니?"

"네. 괜찮아요."

"그래, 난 아빠랑 브랜든과 펜스터가 어떻게 하고 있는지 나가 봐야겠다. 시간이 정말 오래 걸리네. 잠시 나갔다 와도 괜찮겠지?"

"그럼요."

"필요한 게 있으면 날 찾아오렴. 아니면 캐러웨이 부인 방을 노크하거나. 부인은 자러 갔지만 급한 일이 생기면 깨워도 된다."

"알았어요, 엄마."

"너, 펜스터에 대해 말하는 중이었어."

다시 둘만 남게 되자 메디가 상기시켰다.

"아, 맞다."

밀로는 목소리를 낮추었다.

"펜스터는 엄마 이야기에 나오는 사람이야. 엄마는 펜스터가 수배 전단지에서 독 홀리스톤을 알아봤다고 말했지만, 사실 펜스터는 홀리스톤이랑 함께 항해했어. 우리가 펜스터에게 이야기를 부탁할 수 없어서 유감이야. 정말 좋은 이야기를 해 줄 텐데."

"흠."

메디는 잠시 탁자 위에서 깜박거리는 불빛을 다시 바라보다가 안경을 끌어내리고 밀로를 향해 얼굴을 돌렸다.

"우리가 하던 일로 돌아가자, 네그렛."

메디는 날카로운 눈으로 선언했다.

"우린 몇 가지 새로운 단서를 자세히 살펴봐야 해. 우선, 조지가 말한 지도는 네가 발견한 지도인 게 분명하다고 생각해. 그렇다면 그것을 가져간 사람은 틀림없이 클렘일 거야."

네그렛은 씨익 웃고는 고개를 저었다.

"아냐, 조지 말대로 클렘의 실력이라면 내 물건을 내가 둔 대로 놓아두지 않는 실수를 저지르지 않을 거야."

"그럼 누구 같아?"

"내 생각엔… 조지 같아."

네그렛이 천천히 말했다.

"조지가 나더러 찾으라고 남겨 둔 것 같아. 층계참에 다시 돌아갔을 때…."

"넌 누가 떨어뜨렸을 거라고 말한 것 같은데?"

"맞아. 당시는 그렇게 생각했어. 하지만 지금은 아냐."

네그렛은 머리를 긁적이며 조지의 이야기와 매의 눈을 어떻게 묘사했는지 기억해 보았다.

"지금은 조지가 나를 위해 남겨 놓았다고 생각해. 의도적으로 떨어뜨린 거지. 조지는 내가 지도를 발견하기를 바랐어."

"왜?"

"왜냐하면… 틀림없이… 내가 그것을 이해하리라고 생각했을 거야. 아니면 그러기를 바랐거나. 아마도 내가 그것이 지도인 걸 알아차리고 따라가기를 바란 것 같아. 그럼 조지도 내 뒤를 따라서…"

여기서 밀로는 어떻게 말을 해야 할지 조금 당황스러웠다.

"조지는 이 집에 뭔가가 있다고 생각했고, 내가 그걸 찾기를 바란 것 같아. 랜스디가운에 대한 것."

"하지만 클렘이 발견했으면 어땠을까?"

스콜리아스트가 물었다.

"지도 말이야. 아니면, 네가 클렘에게 지도를 언급했다면?"

"그때는 클렘이 아직 오기 전이었어. 그래서 조지가 다시 훔쳐 간 거야. 내기해도 좋아! 일단 클렘이 나타나자, 조지는 내 주위를 맴도는 것으로는 중요한 단서를 얻을 수 없다고 생각했을 거야."

"쉿."

시린이 네그렛을 팔꿈치로 쿡 찔렀다. 잠시 후 조지가 계단에 나타나 피곤한 모습으로 거실로 느릿느릿 걸어왔다. 그리고 놓아두고 갔던 커피 잔을 주워 부엌에 가서 다시 채워 들고 다시 계단으로 향했다.

히어워드 부인이 큰기침 소리를 내며 날카로운 눈으로 빈지 씨를 보았다가 다음에는 고워바인 박사를 바라보았다. 박사는 담배를 피우고 돌아와 난롯가에 발을 올려놓고 앉아 있었다.

빈지 씨는 모른 척했지만 고워바인 박사는 큰 소리로 말했다.

"미스 모젤? 모젤 양이 아까 이야기를 했으니, 오늘 밤에는 내가 하는 게 어때요?"

조지가 걸음을 멈추었다. 눈이 빨갰다.

"잠을 자지 않고 있을지 잘 모르겠어요. 전 내일 떠날까 싶거든요. 짐을 싸야 해요."

조지는 심란한 표정으로 손을 올려 머리를 쓸었다.

"오, 이리 와서 우리랑 함께 이야기를 들어요. 그러면서 잠시 잊도록 해 봐요."

히어워드 부인이 조지에게 서둘러 다가가며 구슬렀다.

조지는 한숨을 쉬며 부인이 이끄는 대로 크리스마스트리에서 가장 가까운 의자에 가서 앉았다. 몸 아래다 발을 오므리고 앉아 있는데, 순간 전에 보던 것보다 훨씬 어려 보였다. 네그렛은 조지가 안되었다고 느끼지 않을 수 없었다. 너무 비참하게 보였다. 그러나 네그렛은 그날 밤 이야기가 계속되어 기뻤다. 네그렛은 몸을 돌려 무릎을 꿇고 앉아 커플 소파 등받이에 팔꿈치를 올려놓고 귀를 기울였다.

고워바인 박사가 목청을 가다듬었다.

"전 변변찮은 교수일 뿐, 이야기꾼은 아닙니다. 그러니 재미없더라도 좀 참아 주시길 바랍니다."

박사는 현관문 위의 아치 모양 창문을 유심히 바라보았다. 이따금 양초의 깜박거리는 불빛이 창문을 이룬 색유리 조각들을 아른아른 비추었다.

"하지만 제 일을 하다 보면 이따금 이런저런 재미있는 일화를 만나게 되는데, 그 가운데 하나를 이야기하려 합니다. 적어도 우리가 있는 장소에 적절한 이야기라고 생각합니다. 스테인드글라스와 꽤 관련이 있거든요."

박사는 잠시 중단한 뒤 이야기를 시작했다.

"옛날에 창문을 만드는 남자가 있었습니다. 유리로 작업하는 예술가였지만, 좋은 사람은 아니었습니다. 아니, 정확히 말하면 늘 좋은 사람은 아니었습니다. 사실, 비밀 거래는 종종 넥스피크 사람들에게 그렇듯 그에게 일종의 부업이었지요. 아니, 어쩌면 스테인드글라스가 부업이었는지도 모르겠습니다. 어느 쪽이든 그는 둘 다 거래했고, 또 엄청나게 수완이 좋았습니다.

그는 인쇄 지구의 한 가게에서 일했습니다. 유리와 금속과 금속염으로 아름다운 그림들을 만들었고, 때로는 누군가 숨기고 싶거나 또는 드러내고 싶거나, 또는 숨겨진 다른 모호한 것과 바꾸고 싶어 하는 비밀이나 미스터리를 맡기도 했습니다."

현관문이 열리고 파인 부인이 살을 에는 듯한 차가운 바람의 소용돌이를 일으키며 들어오자 박사는 말을 멈추었다.

"죄송합니다, 여러분. 아직 작업 중이에요. 양초를 켜고 조금 더 있어야 할 것 같아요."

파인 부인이 밖에 입고 나갔던 옷을 벗으며 말했다.

"고워바인 박사님이 이야기하는 중이랍니다."

히어워드 부인이 알렸다.

"어머나, 방해해서 죄송합니다."

파인 부인은 차가운 손을 불면서 부엌으로 향했다.

고워바인 박사가 말을 이었다.

"그의 비밀 사업을 모르는 사람들은 유리 작품을 의뢰하기 위해 찾아왔습니다. 교회와 건축가, 도서관 건설업자가 찾아왔고, 심지어 도시의 기록 보관소가 불탄 뒤 다시 지을 때가 되었을 때는 시장도 한 번 찾아왔지요. 시장은 그 유명한 유리장이에게 기록 보관소에 불이 나더라도 이례적인 아름다움은 함께 파괴되지 않을 창문을 만들어 달라고 부탁했습니다. 흥미로운 도전인지라 유리장이는 부탁을 받아들였지요. 그는 자신만의 비밀을 갖고 있는 묘한 사람이었습니다. 그 사람 이름은 로웰 스켈란센이었습니다."

네그렛은 현관문 위 유리에 비친, 이따금 깜박거리는 불빛으로 되돌아가는 고워바인 박사의 눈길을 따라갔다. 박사는 그 유명한 예술가가 그린글라스 하우스의 창문들을 만들었고, 그래서 이 여관에 오게 되었다고 폭로할 마음의 준비를 하고 있는지도 몰랐다.

그런 의심을 품은 사람은 분명히 네그렛만이 아니었다. 히어워드 부인은 팔찌가 달가닥거릴 정도로 손을 흔들며 비웃었다.

"그렇다면, 저 창들이 모두 스켈란센의 창이라고요? 그러기에는 이 집은 너무 오래되었는걸요."

고워바인 박사가 차갑게 쳐다보며 쏘아붙였다.

"압니다."

순간, 조지의 기분을 좋게 만들기 위해 맺었던 휴전이 산산이 깨질 것처럼 보였다. 하지만 박사는 부인에게 한 번 더 사납게 상을 찡그려 주는 데서 그쳤다.

"맞습니다. 이 집은 오래되었지요. 어떤 창들 역시 매우 오래된 것이고요. 하지만 내가 잘못 안 게 아니라면, 내가 이 분야의 전문가가 아니라면, 나 스스로도 잘못 알고 있는 게 아닌지 의심했을 것입니다. 다만, 이곳에 있는 많은 창문은 집보다 오래된 것이 아닙니다. 계단통의 창들을 제외하면, 대부분의 창은 집이 지어진 뒤에 덧붙인 것이 아닐까 싶습니다. 비상계단과 측면 포치처럼 말이지요."

박사는 안경을 고쳐 쓰고 칸막이가 된 포치로 나가는 문 옆 창문을 바라보았다.

"의심할 여지없이 아름다운 창들입니다. 하지만 이례적으로 아름다운 창과 스켈란센의 작품 사이에는… 글쎄요, 큰 격차가 있습니다. 사과와 오렌지와 같지요. 시든 야생 능금과 커다랗고 잘 익은 캘리포니아 오렌지의 차이라고 할까요? 하나를 제외하면, 이곳 창문들은 20세기 초 이전에 만들어진 것으로 보입니다. 그런데 스켈란센이 창문을 만든 건 내가 세상에 태어난 후의 일입니다."

"하나를 제외하면, 이라고 말씀하셨는데요, 어느 창이에요? 스켈란센이란 사람이 만든 걸까요?"

네그렛이 물었다.

"아, 그건 에나멜 유리창이야. 삼십 년대에 나왔으리라 싶다. 스켈란센이 만든 것이라기엔 너무 이르지."

"에나멜 유리가 뭐예요?"

"색을 입힌 유리란다. 유리 자체에 착색이 된 것과는 반대지."

고워바인 박사가 설명했다.

박사는 마음이 불편해 보였는데, 문득 네그렛은 그 이유를 깨달았다. 교수는 5W호실, 즉 클렘의 방 창문을 이야기하고 있었다. 박사가 거기 들어갔지만 왜 아무것도 손대지 않았는지, 그 이유가 설명되었다. 박사는 그 유리를 자세히 보고 싶었던 것이었다. 다행히 클렘은 주위에 없었고, 파인 부인도 박사가 들어가는 것을 발견하지 못했다.

고워바인 박사는 목청을 가다듬었다.

"요점은, 히어워드 부인, 난 이 창들이 스켈란센의 것이 아님을 확신한다는 겁니다. 하지만 그 사람 이야기로 다시 돌아가지요. 내가 하고 싶었던 이야기는, 낵스피크에서는 대부분의 것이 그러리라 싶습니다만, 한 밀수업자에게서 시작합니다. 이 특별한 밀수업자는 유명한 독 홀리스톤의 승무원 가운데 한 사람이었는데, 처리해야 할 정보가 하나 있었습니다. 그래서 그는 뒷거래를 하는 유리장이를 찾아갔습니다."

네그렛이 시린의 눈과 마주쳤다. 그 유명한 독 홀리스톤이 한때 이 집을 소유했었다. 박사의 이야기는 우연의 일치일 수 없었다.

박사가 말을 이었다.

"모르는 사람들에게는, 독 홀리스톤은 삼십사 년 전 다소 무모하게 도망치다가 죽은 것으로 알려져 있지만, 세부적인 사항들은 여전히 오리무중이지요."

시린이 얼굴을 찌푸렸다. 네그렛은 시린이 무엇 때문에 저런 반응을 보이는지 의아했다. 독 홀리스톤에 대해서는 다들 그 정도는 알았다.

"디콘 앤 모어벤가드 카탈로그 상인들의 관세사들이 연루되었던 것으로 보입니다. 낵스피크 세관이 디콘 앤 모어벤가드의 한쪽 날개이니 그다지 놀라운 일은 아닙니다. 그러니 스켈란센의 작업장을 찾아간 밀수업자가 왜 공황 상태에 빠졌고, 목숨을 염려하게 되었는지도 확실히 설명할 수 있을 것입니다. 밀수업자 말로는 자신이 자초지종을 알고 있는데, 사람들에게 꼭 알려야 할 이야기라고 했습니다. 그러나 자신은 그렇게 할 수 없었습니다. 디콘 앤 모어벤가드의 관세사들에게 쫓기는 걸 원하지 않았으니까요. 그리고 밀수업자는 혹시 신문 같은 데 홀리스톤에게 일어난 일을 글로 써 줄 사람을 찾도록 도와줄 수 있느냐고 스켈란센에게 물었습니다.

그런데 이야기를 들은 스켈란센은 다른 생각을 했습니다. 자신이 직접 이야기를 하기로 한 것입니다. 디콘 앤 모어벤가드 관세사들 때문에 독 홀리스톤에게 무슨 일이 벌어졌는지 보여 주는 창문을 만들어 눈에 확실히 띄는 곳에 두기로 했습니다. 마침 도시 기록 보관소 새 건물의 창문을 만들어 달라는 시장의 제안을 막 받아들인 참이라, 스켈란센은 그 밀수업자의 이야기를 주제로 창문을 만들기로 결정했습니다. 제막식을 할 때 난리가 날지도 모르지만, 또 설령 디콘 앤 모어벤가드가 다음 날 창문을 부수려고 사람을 보낸다고 해도, 수천 명의 사람들이 적어도 한 번은 그 장면을 목격할 것입니다. 온 도시의 기자들이 사진을 찍고 기사를 쓰겠지요. 완벽한 생각이었습니다. 스켈란센은 그 밀수업자가 작업장을 떠나는 즉시 스케치를 시작했습니다.

그런데, 그 순간 스켈란센이 바쁘게 작업했던 건 그 창문만이 아니었습니다. 두 가지 생업을 병행하는 게 처음 일도 아니었지요. 스켈란센은 그런 기술이 뛰어났지만, 만약 그의 창문을 읽을 줄 안다면, 그 안에 숨겨진 세계 전체가 보일 것입니다. 미스터리와 비밀들이 유리와 금속으로 뭉쳐 있는 것이지요. 그런 식으로 도시 어딘가에서 스켈란센의 손을 통해 자신의 비밀이 흘러 나간 어떤 사람이 이 예술가를 끝장내기로 결심했습니다.

자신을 보호할 방법도 없이, 또는 잠시 몸을 숨겨야 할 때 미리 귀띔 받을 방법을 마련해 놓지도 않고, 비밀과 미스터리를 다루지는 않지요. 습격자가 칼을 이에 물고 스켈란센의 작업장으로 들어갈 방법을 발견했을 때는 스켈란센은 오래전에 사라지고 없었습니다. 주문 받은 것으로 알려진, 적어도 네 개의 창문을 포함하여 그가 작업하던 모든 작품도 함께 사라졌습니다. 작업장은 버려졌을 뿐만 아니라 텅 비어 있었습니다. 단 한 점의 유리 작품도 남아 있지 않았지요. 그 이후로 스켈란센을 보거나 들은 사람은 아무도 없습니다."

"그리고요?"

히어워드 부인이 참지 못하고 물었다.

고워바인 박사는 부인을 바라보다가 다시 포치 문 옆의 창문을 쳐다보고는 다시 노부인을 바라보았다.

"여전히 행방불명입니다. 네 개의 창문도 함께 말이지요. 적어도 그중 하나는 비밀을 숨기고 있을 겁니다. 적어도 창문 하나는 누군가 스켈란센을 죽이려 들기에 충분한 이유가 되겠지요. 창문 하나는 독 홀리스톤의 죽음에 대한 비밀스런 진실을 풀어 줄 실마리를 갖고 있을 겁니다."

"살인자에게 쫓기면서도 네 개의 스테인드글라스 창문에 비밀을 안전하게 숨겨 놓았다는 말씀이군요?"

히어워드 부인이 미심쩍다는 듯이 물었다.

"퍽이나 믿기 어려운 피신이네요."

"아무튼 작업장은 완전히 깨끗하게 치워졌습니다. 그건 사실입니다. 하지만 그는 창문들을 온전한 형태로 가져갈 필요는 없었을 겁니다."

고워바인 박사가 합리적으로 말했다.

"스켈란센을 연구하는 우리들 대부분은 유리의 치수를 재고 자르고 배치하는 데 사용하는 도면이 되는 밑그림이나, 고객들에게 보여주기 위해 만든 일종의 견본을 갖고 피신했으리라고 생각하고 있습니다. 그런 견본이나 밑그림을 가지고 있으면 스켈란센은 어떤 창문에도 다시 재현할 수 있었을 겁니다."

고워바인 박사는 다시 커피를 한 모금 마셨다. 방 안의 사람들은 기다렸다.

"그리고요?"

히어워드 부인이 다시 물었다.

"그리고 뭐요?"

고워바인 박사가 되물었다.

"난 스켈란센이 어디로 갔는지 모릅니다. 내가 이야기를 하겠다고 나선 이유는 저 숙녀분의 기분을 북돋아 줄 필요가 있어서였습니다. 그리고 이 집의 유리들이 그 이야기를 떠올리게 했을 뿐입니다. 그 이야기가 어떤 웃기는 옛날얘기처럼 깔끔하게 완결된 결말을 가져야 한다고 말한 사람은 아무도 없잖습니까. 그 이야기는 사실이고, 사실에는 결말이 없습니다. 많은 일들이 계속 진행되고 있기 때문입니다."

히어워드 부인은 '어떤 웃기는 옛날얘기'라는 말에 발끈했고, 조지는 코웃음을 쳤다.

"전 기분을 북돋워 달라고 부탁하지 않았는데요."

조지가 중얼거렸다. 말은 그렇게 했지만 미소를 짓고 있었다.

네그렛은 흘낏 시린을 보았다. 시린은 여전이 뻣뻣하게 앉아 눈을 가늘게 뜨고 고워바인 박사를 응시하고 있었다. 그런 다음 긴장을 풀고 소파의 높은 등 뒤에 웅크리고 앉았다.

"재미있는 이야기였어. 넌 어떻게 생각해?"

시린이 속삭였다. 네그렛은 시린과 함께 몸을 수그렸다.

"박사가 전에 저 이야기를 한 적이 있는 것 같아."

네그렛이 속삭여 대답했다.

"나는 박사가 이곳에 왔다가 우연히 스테인드글라스가 많이 있는 것을 보고 그 이야기를 떠올렸다고는 생각하지 않아. 저 창들을 스켈란센이라는 사람이 만들지 않았다는 말은 사실일지도 몰라. 하지만 그 이야기와 창문들은 박사가 이곳에 온 이유와 어떤 관계가 있어. 그리고 클렘 방에 들어간 이유와도."

네그렛은 고워바인 박사가 에나멜 유리에 대해 살짝 빠뜨린 사실을 설명했다.

"그렇다고 박사가 도둑이 아니라는 뜻은 아니야. 박사는 확실히 뭔가를 찾고 있어."

"동의해. 그런데 그걸 어떻게 찾아내지? 엠포리움에 있는 그 많은 유리 조각들을 생각하는 거야?"

"응. 하지만 박사가 했던 말에 대해서도 생각하고 있어. 스켈란센은 진짜 창문들을 갖고 도망칠 필요가 없었을 거라고 했잖아. 만약 밑 그림이나 견, 견, 그 단어가 뭐였지? 그걸 갖고 있다면."

"견본."

"게다가, 만약 스테인드글라스와 관계된 물건을 숨긴다고 해 봐. 스테인드글라스로 유명한 곳에 숨기면 빤히 보여도 못 찾지. 안 그래? 그래서 스켈란센은 실제 창문들을 여기 숨길 수 없었을 거야. 너무 근사해서 눈에 잘 띄었을 테니까. 하지만 도구라든가 모형이라면… 그런 것은 제자리에 있지 않아도 눈에 띄지 않을 거야."

시린은 확실히 감명을 받았다.

"와, 네그렛. 훌륭하고 똑똑한 생각이야."

"물론 고워바인 박사는 스테인드글라스에 관심이 많은 사람이어서 여기 왔을 수도 있어. 여긴 스테인드글라스가 잔뜩 있으니까. 스켈란센 이야기가 그냥 떠올랐다는 말도 사실일 수 있고. 하지만 그 이야기는 독 홀리스톤과도 관련이 있어."

"그래. 그건 흥미롭지?"

시린은 다시 한 번 이상한 표정을 지었다.

"박사는 이 집이 한때 홀리스톤 집이었던 것을 안다는 말은 안 했어. 넌 했다고 생각해? 박사가 네 엄마 이야기를 듣기 전에 말이야."

"알아낼 쉬운 방법이 있어."

네그렛이 말했다. 그리고 몸을 돌려 다시 의자 등받이에 기대어 앉아 목소리를 높였다.

"저, 박사님?"

교수가 컵에서 고개를 들었다.

"왜, 밀로?"

"독 홀리스톤에 대한 건데요."

"그래서?"

박사는 조심스럽게 대답했다.

네그렛은 가장 순진한 표정을 지었다.

"박사님은 이 집이 독 홀리스톤 것이었다는 걸 아셨어요? 어제 엄마가 이야기를 해 주기 전에 말이에요."

고워바인 박사는 놀라서 멍한, 정직해 보이는 표정을 지으려고 했다. 하지만 그 어느 것도 성공하지 못했다. 거짓말을 하려는 사람의 표정 같았다.

"아니, 몰랐어. 완전히 놀랐지. 얼마나 놀랐는지 가슴이 덜컹했다."

"우연의 일치네요."

네그렛이 대답했다.

"아, 정말, 그래. 대단한 우연의 일치야."

박사가 동의했다.

네그렛은 다시 몸을 돌려 수그리고 앉았다.

"저렇게 놀라는 모습은 본 적이 없어."

네그렛은 조용히 말했다.

"그렇다면, 이미 알고 있을 뿐만 아니라 거짓말까지 하고 있는 거네. 왜 거짓말을 하는 걸까? 그건 비밀이 아닌데?"

시린이 속삭여 물었다.

"그러게. 하지만 만약 어떤 사람이 숨겨 놓은 물건을 찾고 있는데, 그것이 누군가의 목숨을 위태롭게 하는 거라면, 조금 신경이 날카로울 수도 있잖아. 아무리 오래전의 일이라고 해도 말이야."

네그렛이 속삭여 대답했다.

"그렇다면 박사는 이 여관에… 견본이 숨겨져 있다고 생각하는 걸까?"

"바로 그거야, 시린. 박사는 독 홀리스톤 죽음의 비밀이 바로 이곳 어딘가에 숨겨져 있다고 생각하는 것 같아."

네그렛은 잠시 역할에서 벗어나, 로비 옆면의 커다란 창문 두 개 중 하나를 바라보며 웃었다.

"참 기분 묘하다."

"왜?"

시린도 씩 웃으며 물었다.

"음, 왜냐하면… 우리가 지금 이야기하고 있는 게 내가 살고 있는 집이니까. 넌 묘하지 않아?"

네그렛은 어깨를 으쓱하고 말을 이었다.

"하긴, 전에 독 홀리스톤의 집이기도 했지. 그런데 그저께만 해도 나는 그냥 여기 앉아서 수학 숙제를 하고 있었어."

밖에서는 눈이 창유리 귀퉁이에 얼어붙은 채 모여 있었다. 이 창문의 유리는 두껍고 공기 방울이 섞여 있는 평범한 넥스피크 유리였다. 오이 속살 같은 색을 띠고 있어서 창 너머의 모든 것도 담녹색으로 물들어 있었다. 집 안에 불빛이 적었기 때문에 달빛을 받은 눈은 보통 때보다 훨씬 더 빛나는 듯 보였다. 빛나는 담녹색 눈밭이 마당을 가로질러 수목 경계선까지 뻗어 갔다.

정자 쪽을 바라보다가 네그렛은 이틀 전 밤에 레일카 층계참에 나타났던 무거운 코트를 입은 인물이 기억났다. 네그렛은 그 사람이 지도를 떨어뜨렸다고 짐작했으나, 만약 조지가 일부러 지도를 떨어뜨렸다면 그 짐작은 틀렸을지도 몰랐다.

이제는 그린글라스 하우스에 묵는 모든 이들이 여기저기 기웃거리며 돌아다닌다 해도 이상하지 않았다.

촛불이 점점 낮아지면서 아직 깨어 있던 사람들이 위층으로 이동하기 시작했다. 조지가 맨 먼저 잘 자라는 인사를 중얼거리며 자리를 떴다. 다음은 히어워드 부인과 리지와 메디가 떠났다. 고워바인 박사는 자러 가기 전 마지막으로 추운 곳에서 담배를 피우기 위해 차단막이 쳐진 포치로 나갔다. 남은 사람은 파인 부인과 빈지 씨, 그리고 밀로였다. 밀로는 벽난로 불빛으로 〈재담가의 비망록〉을 한두 챕터 읽기 위해 난롯가로 자리를 옮겼다. 밀로 엄마는 벽돌 위에 접은 담요 몇 장을 포개 주었고, 밀로는 포개 놓은 담요를 한두 번 매만져 안락한 좌석으로 바꾸었다. 엠포리움에서 발견한 배낭은 완벽한 발판이 되었다.

파인 부인은 벽난로의 보호망을 옮기고 낮은 불꽃에 통나무 두 개를 넣었다.

"꽤 조용한 분이네요."

밀로는 자신에게 말하는 줄 알고 고개를 들었으나 엄마는 빈지 씨에게 미소 짓고 있었다. 노인은 앉은 자세를 바꾸어 발목을 포갰

다.(초록색과 파란색 아가일 무늬 양말을 신고 있었는데, 개구리들이 한 줄로 뛰어다니는 것처럼 보였다)

"여기 있는 몇 사람에 비하면 누구라도 조용한 사람으로 보일 겁니다."

빈지 씨가 빙그레 웃으며 말했다.

"정말 그래요. 혹시 뭘 읽고 계시는지 여쭤봐도 될까요?"

파인 부인은 벽난로 보호망을 다시 제자리에 놓고 손바닥을 무릎에 털며 물었다.

빈지 씨는 책을 내렸다.

"스키드랙과 그 주변의 역사입니다."

"일 때문에 읽으시나요? 아니면 재미로?"

파인 부인이 물었다.

"무엇을 하는 분인지 여쭤보지 못한 것 같아서요. 너무 바빴어요. 선생님은 매우 조용하시고요. 물론, 상대적으로요."

파인 부인이 미소를 지으며 덧붙였다.

밀로는 계속 책을 읽는 척했지만 열심히 귀를 기울였다. 빈지 씨는 곧바로 대답하지 않았다. 잠시 질문을 숙고해 보는 것 같았다.

"난 은퇴했습니다."

그 대답에 만족했다면 파인 부인은 말을 계속 이어 갔을 거다.

"좋으시겠네요. 커피나 뭐 다른 것 더 갖다드릴까요, 빈지 씨?"

"아뇨, 아닙니다."

빈지 씨는 삐걱거리며 일어나 인사를 했다.

"밤도 깊은 것 같아서요."

"넌 어때, 밀로?"

밀로 엄마가 물었다.

"너하고 나 둘만 일어나 있는 것 같구나. 적어도 집 안에서는."

밀로 엄마는 창밖을 흘낏 바라보았다.

"전 괜찮아요."

밀로는 엄마의 시선을 따라 반짝반짝 빛나는 어둠을 바라보았다.

"바깥에 있는 사람들은 괜찮을까요? 가서 확인해 볼까요?"

파인 부인은 미소 지었다. 하지만 부인이 대답하기도 전에 꽁꽁 싸 맨 세 사람의 형체가 집 뒤에서 나타나더니 잔디밭의 꽁꽁 언 눈을 뚫고 터벅터벅 걸어왔다.

"오, 이를 어째, 오늘 밤은 전기가 없다는 뜻인 것 같다."

파인 부인이 중얼거렸다.

"세상에."

문이 열리고 또 한 번 얼음처럼 찬 바람의 소용돌이가 들어왔다. 파인 씨가 걸어 들어왔고, 그 뒤를 브랜든과 펜스터가 따랐다. 과장 하지 않고 말해서, 셋 다 좌절하고 있는 것 같았다.

파인 부인이 달려가 세 사람이 코트를 벗는 것을 도와주었다.

"밀로, 그 담요들을 가져오렴."

밀로는 담요를 모아 떨고 있는 세 사람에게 가져갔다.

"고맙다, 밀로."

파인 씨가 말했다.

세 사람은 담요로 몸을 감싸고 식당 탁자로 걸어갔다. 파인 부인은 곧바로 부엌으로 달려갔다가 다시 나타나 김이 모락모락 나는 머그잔을 돌렸다.

"잘 안되었나 봐요?"

세 사람 다 넌더리가 난다는 표정으로 파인 부인을 바라보았다.

"그렇군요."

"아니, 그것보다 더 안 좋아요."

브랜든이 투덜거렸다.

"말할까, 벤?"

"무슨 말이요? 말해 주세요."

파인 부인이 조심스레 말했다.

파인 씨가 목을 빙글 돌리며 말했다.

"여보, 믿지 않겠지만, 우린 99퍼센트 확신해. 누구인지 모르지만 의도적으로 우리 발전기를 고장 내고 간 것 같아."

"누가 그런 짓을… 설마요."

파인 부인이 남편 옆 벤치에 털썩 주저앉았다.

"아뇨, 정말입니다. 고의로 고장 낸 게 확실해요. 비열한 놈."

브랜든이 험악하게 말했다.

소파 옆의 낡은 할아버지 시계가 자정을 치기 시작했다. 파인 씨가 컵을 들어 올렸다.

"아무튼 크리스마스이브를 축하합시다."

밀로의 부모와 펜스터와 브랜든은 늦게까지 발전기 문제를 상의했

다. 어떻게 해야 할지, 어떻게 하면 집 안을, 적어도 손님들을 충분히 따뜻하게 할지, 음식이 상하지 않을지 등등을. 밀로는 커플 소파로 돌아와 다시 책을 집어 들었다.

밀로는 '악마와 스캐빈저' 이야기의 중간 부분을 읽고 있었지만, 다시 이야기에 집중할 수 없었다. 머릿속이 윙윙 울렸다. 네그렛과 시린은 도둑맞은 물건 세 개를 찾아냈고, 게다가 조지와 클렘과 히어워드 부인이 이 집에 온 까닭을 알아냈다. 꽤 멋진 성과였다. 그러나 밀로에게 정말 친절했던 조지의 희망이 꺾여 버린 것은 그다지 유쾌하지 않았다. 또 고워바인 박사의 이야기를 들었다. 네그렛은 그 이야기 역시 박사가 그린글라스 하우스에 온 이유가 아닐까 생각했다.

견본은 어떻게 생겼을까? 만약 고워바인 박사가 그것을 찾고 있었다면, 찾는 동안 세 가지 물건을 훔치는 게 가능했을까? 조지는 공책에 이 집과 관련된 누군가에 대한 정보가 들어 있다고 말했다. 그리고 클렘은 공책에 관심을 가질 만한 유일한 사람이 있다면 그건 자신일 거라고 했다. 하지만 클렘이 틀렸다면? 만약 고워바인 박사가 그 공책이 이 집과 관련이 있음을 알아내고 슬쩍했던 것이라면? 어쩌면 히어워드 부인의 가방도 마찬가지일지 몰랐다.

뭔가 앞뒤가 맞지 않는 유일한 물건은 빈지 씨의 시계였다. 그 시계는 이 집하고 아무 상관이 없었다. 하지만 옛날 시계는 귀중할 수 있으니, 어쩌면 그냥… 그냥, 평범한 도둑질일 수도 있었다.

그린글라스 하우스는 1812년경으로 거슬러 올라간다. 아니, 랜스디가운 하우스는… 밀로는 고쳐 생각했다. 독 홀리스톤은 약 사십 년 전… 철문은 어디….

"밀로."

밀로는 화들짝 깨어났다. 파인 씨가 커플 소파 옆에 앉아 피곤한 미소를 짓고 있었다.

"올라가서 자는 게 어때? 우린 음식과 장작과 물건을 나르느라 늦게까지 깨어 있을 거다."

밀로는 졸린 얼굴로 고개를 끄덕이며 자신의 물건들을 챙겼다.

"그거 어디서 찾아냈니?"

파인 씨가 배낭을 향해 고개를 까딱하며 물었다.

"다락방에서요."

"매우 근사하구나. 아마 내 아버지가 옛날에 쓰던 스카우트 가방일 거다. 네가 그걸 찾아내서 틀림없이 할아버지도 무척 좋아하셨을 거야."

파인 씨가 밀로의 머리를 헝클어뜨렸다.

"초를 가지고 올라가렴. 잠들기 전에 끄고 잘 수 있겠지?"

"네. 아니, 잠깐만요."

밀로는 가방 속에 손을 넣어 금속 랜턴을 찾아 더듬었다.

"이거 작동할까요? 역시 다락에서 발견했어요."

파인 씨가 랜턴을 가져가 살펴보았다.

"오. 기묘한 옛날 랜턴이로구나. 여보, 노라. 우리, 랜턴 기름 있던가?"

파인 씨가 어깨 너머로 외쳤다.

"네. 서재에 기름병이 있는 것 같아요. 당신의 웃기는 그 돼지 랜턴을 위해 사 놓았거든요."

"내 돼지 램프는 웃기지 않아요."

파인 씨가 대꾸했다.

"가자, 밀로. 찾을 수 있는지 보자."

서재로 올라간 밀로는 아빠가 두툼한 촛불을 들고 장식장과 책상 서랍을 뒤지는 동안 졸린 눈으로 속을 빵빵하게 채운 의자에 앉아 하릴없이 램프를 뒤집었다. 그러다가 똑바로 앉으며 잠이 깼다.

"찾았다."

파인 씨가 무색 액체가 든 플라스틱 병과 성냥 한 갑을 흔들며 말했다.

"술병 선반에 있더구나. 그게 말이 되긴 하지. 안전해 보이기도 하고. 참 네 엄마는, 이따금⋯."

파인 씨는 궁금해하는 눈으로 아들을 응시했다.

"이게 무엇처럼 보이냐?"

밀로는 그 질문을 무시하고 물었다.

"아빠, 불을 더 가까이 비춰 주실 수 있어요?"

랜턴 밑바닥에 무늬가 있었다. 고불고불한 모양으로 긁힌 자국이었다. 그것을 엠포리움에서 발견했을 때는 두 번 다시 생각해 보지 않았지만, 이틀에 걸쳐 이야기를 들은 데다 설명할 수 없는 단서들이 많아진 지금은 어떤 사소한 것도 하찮게 보이지 않았다. 고불고불한 무늬는 그냥 아무렇게나 한 표시 같아 보이지 않았다. 그것은 마치⋯ 의도적으로 긁어 놓은 것처럼 보였다. 거의 그렇게 보였다. 밀로는 손에 침을 묻혀 그 자리를 문질렀다. 맞았다. 분명 뭔가를 나타내려고 한 것이었다. 밀로는 촛불의 도움을 받아 랜턴을 이리 또 저리 돌려 보았다.

랜턴의 무늬는 창문의 철문과 마찬가지로 한 번 알고 난 뒤에는 안 볼 수 없었다. 고부라지고 고불대는 선이 밀로의 눈 앞에서 하나로 합쳐지며 날름거리는 촛불의 눈물방울 모양이 되었다. 전날 밤 히어워드 부인의 이야기가 퍼뜩 다시 떠올랐다.

'줄리안은… 그날 일찍이 꺼 두었던 랜턴을 건넸습니다. 슬로는… 문양을… 랜턴 아랫배 부분에 새겼습니다. "이제 그대는… 부싯돌이 있는 한 언제나 길을 밝힐 수 있을 걸세…"'

밀로는 가방에 다시 손을 넣어 다락 랜턴 근처에서 발견한 작은 부싯깃 통과 부싯돌을 꺼냈다.

파인 씨는 어리벙벙한 표정을 하고 밀로를 지켜보았다.

"내게도 비밀을 알려 주지 그러니?"

밀로가 천천히 말했다.

"아빠, 지난밤 히어워드 부인의 이야기 기억나세요? 방랑자 청년 이야기?"

"그래."

밀로 아빠가 랜턴을 흘낏 다시 보았다.

"오, 그렇구나. 알았다. 그 이야기에 랜턴이 나왔지?"

"네."

밀로는 잠시 열심히 생각했다.

"아빠, 부인 말에 따르면 부인의 조상이 이 집을 지었대요."

"정말?"

"정말이에요. 제가 잃어버린 가방에 대해 물었을 때 부인이 이야기해 주었어요. 그래서 부인이 여기 온 거래요. 부인 가족의 전설에 따르면 조상이 그 이야기에 나오는 성유물 가운데 하나를 갖고 있었대요."

이제 파인 씨는 미소를 지었다.

"놀랍구나. 그래, 밀로, 네 생각은? 넌 이 랜턴이 이야기에 나오는 랜턴이라고 생각하는구나?"

밀로가 천천히 말했다.

"이 랜턴이 진짜 마법의 물건이 아닐지라도 부인은 그 랜턴이라고 생각할 것 같아요. 여기에… 이야기의 랜턴과 똑같이 긁힌 자국이 있어요. 그리고 이것도 발견했어요."

밀로는 부싯깃 통을 들어올렸다.

"제 생각에는… 부인이 이 물건들을 갖고 싶어 할 것 같아요. 아빠만 좋다고 하시면요."

파인 씨는 팔로 밀로를 감으며 꼭 껴안았다.

"정말 좋은 생각이다. 엄마도 반대가 없을지 알아볼게. 난 전에 이 물건들을 보지 못했고, 엄마도 마찬가지일 거야. 그러니 엄마도 신경 쓰지 않을 것 같아. 하지만, 혹시 모르니 내가 엄마한테 물어보는 게 어떻겠니? 엄마가 뭐라고 했는지는 아침에 알려 줄게."

"좋아요. 그래도 먼저 켜 볼 수는 있지요?"

밀로는 램프를 똑바로 돌려놓았다.

"그럼."

파인 씨는 기름병을 열고 기름을 흘리지 않도록 심지를 붙잡고 랜턴에 부었다. 기름이 심지에 스며들 때까지 잠시 기다린 다음, 밀로는 랜턴의 체인을 들어 올렸고, 파인 씨는 성냥을 켰다. 곧바로 심지에 불이 붙더니 붉은 황금색 불꽃이 짙은 파란색으로 바뀌었다.

"놀랍구나. 저 파란색 좀 봐! 내 돼지 랜턴은 절대 저런 색을 내지 않아."

파인 씨가 말했다.

얼마 후 밀로는 잠에서 깼다. 시간이 많이 지난 것 같지는 않았다. 책상 위에서 아직 랜턴의 푸른 불이 깜박거리고 있었고, 아빠는 담요를 더 갖고 돌아올 때까지만 랜턴을 켜 둘 거라고 말했기 때문이다. 집 안은 소리로 가득했다. 보통 때 집에서 나는 소리들이었다. 밖에선 여전히 나무들 사이로 매섭게 불면서 언 나뭇가지들을 부러뜨리는 바람 때문에 창문과 처마가 덜거덕거렸다. 아래 1층에서는 어른들이 움직이며 이야기하는 소리가 들렸다. 엄마 아빠의 목소리를 가려낼 수 있었다. 그리고 브랜든은 그 지역 사람의 억양을 쓰지 않아 역시 분간할 수 있었다. 그렇기는 해도 그들이 무슨 말을 하는지는 파악할 수 없었다.

하지만 밀로를 깨운 소리는 아래층에서 나는 것이 아니었다. 그것은 위층에서 나는 소리였지만, 그렇다고 집 자체에서 나는 소리도 아니었다. 밀로는 누군가가 위에서 걸어 다닐 때 어떤 소리가 나는지 알기 때문에 위층에 손님들이 있어도 충분히 잠을 잘 잤다.

밀로는 휙 침대를 빠져나와 책상 위 시계를 확인했다. 시계 얼굴이 푸른 램프 빛으로 빛났다. 새벽 두 시였다. 파인 씨는 시간을 깜박

잊은 것이 틀림없었다. 아빠는 절대 밀로가 램프를 켜 놓은 채 자도록 내버려 두지 않았을 것이다.

밀로가 에스칼라되르 신발을 신자마자 네그렛은 살그머니 밖에 나가 조사를 하고 싶어졌다. 네그렛은 황동 램프를 갖고 나가고 싶었지만, 한밤중에 타고 있는 불을 들고 어두운 집 안을 돌아다니는 것은 문제를 자초할 것 같았다. 네그렛은 책상 서랍에서 손전등을 꺼내 찰칵 켰다 꺼 보았다. 마음을 진정시키는 램프의 코발트빛과 비교할 때 손전등은 무정하고 차가웠다.

네그렛은 엠포리움에서 발견한 유리에 얼룩이 있는 둥근 거울을 배낭에서 꺼내고 침대 옆 탁자에서 오래된 블랙잭 열쇠를 집었다. 양쪽 잠옷 주머니에 각각 거울과 열쇠를 넣고 마지못해 파란색 불꽃을 끈 다음, 문을 열고 살그머니 밖으로 나왔다.

2층은 완전히 캄캄했다. 누군가 부엌 탁자와 계단 옆 스탠드에 랜턴을 갖다 두었지만, 둘 다 불을 너무 줄여 놓아서 작은 우물 크기 정도만 빛이 닿았다. 하지만 그 정도의 빛으로도 물건들에 부딪히지 않고 걷기에는 충분했다.

네그렛은 계단 옆에서 걸음을 멈추고 다시 귀를 기울였다. 아래층에서는 여전히 서로 웅얼거리는 목소리가 들렸다. 네그렛은 삐걱거리는 계단을 밟지 않도록 유념하며 까치발로 걸었다. 아까 들었던 소리는 잠을 깨우기에 충분했으므로 3층에서 났을 거라고 생각했다. 그런데 지금은 아무 소리도 들리지 않았다.

'저기다.'

아까와 똑같은 소리는 아니었지만, 네그렛은 그것이 무슨 소리인지 정확히 알았다. 누군가 옛날식 문손잡이를 돌리는 소리였다. 네그렛은 거울을 손에 쥐고 남은 몇 걸음을 과감하게 가능한 한 빨리 옮겨서 계단 모퉁이에 이르렀다. 거울로 비춰 보니 빈 복도가 보였다. 포인세티아가 있던 탁자 위에서 배터리로 작동하는 캠프 랜턴이 부드럽게 빛나고 있었다. 역시 불빛을 약하게 줄여 놓았지만 네그렛이 복도에 아무도 없음을 확인하기에는 충분한 빛이었다. 시계를 발견한 빈방을 제외하면 문은 모두 닫혀 있었다.

네그렛은 까치걸음으로 복도를 걸어가 빈방으로 갔다. 누군가를 발견하게 되면 뭐라고 말해야 할지 몰랐다. 빈 객실을 손님들이 기웃거려서는 안 된다는 특별한 규칙은 없었다. 그러나 도난 사건에다 발전기 고장 사건까지 있었으니, 누군가 나쁜 목적을 마음에 품고 살금살금 돌아다닐 수도 있을 것 같았다.

'하지만, 모두 그런 건 아니야. 난 나쁜 짓을 할 생각이 없어.'

네그렛은 스스로 변명을 하며 문으로 들어가 방 안에다 손전등을 들이대고 찰깍 켰다. 차가운 불빛이 어두운 창문에 희미한 빛의 원을 그리며 방 안을 비추었다. 모든 게 자신과 시린이 전날 오후에 두고 간 그대로였다. 네그렛은 욕실 쪽으로 불빛을 돌렸다. 아무도 없었다. 방 안으로 더 깊숙이 들어가 욕실 문턱을 넘어섰다. 콩닥거리는 가슴으로 손전등 불빛을 열려 있는 문 주위로 휘둘러 보았다. 아무도 없었다. 더 세게 콩닥거리는 가슴으로 샤워 커튼을 획 옆으로 젖혔다.

아무도 없었다. 방은 비어 있었다.

'저기, 또!'

바깥 복도에서 문손잡이를 돌리는 소리가 들렸다. 네그렛은 샤워 커튼을 만지작거리다 욕실에서 재빨리 나왔다. 또 문손잡이가 돌려 졌다. 다른 문손잡이였다. 긁히는 소리가 살짝 달랐다. 네그렛은 침 대 길이를 잘못 판단하고 정강이를 발판에 부딪히는 바람에 엎어지 며 아래쪽 다리를 움켜잡고는 비틀비틀 몇 발자국 복도 쪽으로 걸어 갔다. 복도에 이르러 잽싸게 손전등 불빛을 어둠 속으로 비추었지만 복도는 또 텅 비어 있었다.

하지만 이제 네그렛은 무슨 일이 일어나고 있다고 확신했다. 누군 가 어떤 방을 나와 다른 방으로 들어갔다. 네그렛은 손전등을 끄고 발끝으로 계단으로 되돌아왔다. 3E호에는 빈지 씨, 3N호에는 히어 워드 부인, 3S호에는 고위바인 박사. 누군가 잠을 자지 않고 돌아다 니며 다른 사람 방에 들어갔거나 아니면 방금 그곳을 나갔다. 하지 만 닫힌 문들은 아무런 단서를 주지 않았다.

계단에서 네그렛은 망설였다. 손전등을 끈 채로 맨 위 계단에 쪼 그리고 앉아, 고위바인 박사의 숨길 수 없는 숨소리나 조용하지만 완 전히 소리가 없지는 않은 조지의 발소리가 들릴까 귀를 기울이며 기 다렸다.

그리고 히어워드 부인의 실내복이 스치는 소리, 또는 빈지 씨의 여위고 늙은 뼈에서 나는 우두둑 소리가 들릴까 귀를 기울이며 기 다렸다.

만약 클렘이라면 아무 소리도 들리지 않을 것이기에 차라리 눈을 깜박이지 않는 편이 나을 거라 생각하며 기다렸다.

기다리고 또 기다렸다.

아무도 나오지 않았다. 그래도 네그렛은 기다렸다. 몸이 흔들거리는 바람에 계단에서 잠들 뻔했다는 사실을 깨달았을 때에야 네그렛은 지켜보는 것을 포기하기로 결심했다. 네그렛은 일어섰지만, 양쪽 다리가 갑자기 핀과 바늘로 찔리는 느낌이 들어 다시 넘어질 뻔했다. 아래층으로 돌아가는 길은 위층으로 올라올 때처럼 완전히 소리를 내지 않을 수는 없었다.

자기 방으로 돌아와 네그렛은 램프를 다시 켜고 푸른 불꽃의 춤을 바라보았다. 그 인기척들은 다가올 아침에 누군가 뭔가를 잃어버린 것을 발견하게 된다는 의미일까? 어제 좌절한 도둑이 다시 훔치려고 시도한 걸까? 아니면 전에 가져갔던 물건들을 다시 가지러 온 걸까? 집과 관련이 있는 가방과 공책, 집과 관련이 없는 시계를? 애당초 왜 그 물건들을 가져갔을까? 네그렛의 블랙잭 아버지라면 뭐라고 말했을까?

네그렛은 아무 답도 얻지 못하고 잠이 들었다.

제10장
크리스마스이브

크리스마스이브의 시작은 몹시 추웠다. 밀로가 깨어 보니 담요 석 장이 더 덮여 있었다. 밀로는 데구루루 굴러 게슴츠레한 눈으로 시계를 바라보았다. 오전 일곱 시였다. 탁자 위의 랜턴은 꺼져 있었다. 엄마 아빠 중 한 사람이 담요를 갖고 들어왔다가 전등을 끄고 간 것이 분명했다. 지난번 말없이 나간 일 때문에 들었어야 할 꾸중에 더해, 불을 켜 놓은 채 잠들면 안 된다는 설교까지 함께 들을 가능성이 높아졌다.

랜턴 옆에 손전등이 있었다. 지난밤 돌아다녔던 기억이 다시 물밀듯 밀려왔다. 밀로가 아닌 누군가가 몰래 돌아다니고 있었다.

바깥 하늘은 파랬다. 하지만 밀로가 침대에서 나와 창문으로 가자

서쪽 하늘을 가로질러 미끄러지는 청회색 구름층이 보였다. 눈이 더 올 모양이었다.

밀로는 침대 밑으로 조금 들어가 전날 메디와 함께 메모를 적었던 스프링 노트를 더듬어 찾았다. 마룻바닥에 책상다리를 하고 앉아 공책을 획획 넘겨서는 고위바인의 이름이 적힌 페이지가 나오자 맨 위에 이렇게 적었다.

'스테인드글라스 창문 견본을 찾고 있음. 아마도 도둑맞은 가방과 공책과 관련이 있을 것 같음. 클렘의 방에 갔던 이유는 에나멜 창을 보기 위해서일지도 모름.'

그런 다음 단서 목록 페이지로 넘겨서 덧붙였다.

'크리스마스이브 전날 밤 누군가 몰래 돌아다님. 다시 도둑질 시도?'

그런 다음 황동 램프를 잠시 뚫어지게 바라보고는 그 밑에 이렇게 썼다.

'엠포리움에서 나온 랜턴이 방랑자의 유물? 아래쪽에 작은 불꽃 모양 스크래치가 있음. H. 부인 가방의 철문에 수놓인 랜턴?'

문을 두드리는 소리가 났다. 밀로는 일어나서 공책을 베개 밑에 밀어 넣었다.

메디가 금박지로 포장된 작은 직사각형 꾸러미를 들고 복도에 서 있었다. 메디가 꾸러미를 들어 올리며 말했다.

"즐거워라, 즐거워라. 이게 네 방문 밖 마루에 있더라."

밀로는 상자를 받으며 싱긋 웃었다.

"엄마 아빠는 늘 크리스마스이브 아침에 선물을 갖다 두셔."

밀로는 상자를 침대로 다시 가져갔고 메디가 뒤를 따랐다. 둘은 침대에 앉았다. 밀로는 리본을 풀 새도 없이 메디에게 지난밤의 사건들을 이야기했다. 램프에서 불꽃 상징을 발견한 것부터 3층을 몰래 돌아다니던 수수께끼 인기척까지 모두 다.

"그렇다면 여기서 뭘 하고 있는 거야? 아래층으로 내려가 없어진 것이 무엇인지 알아내야지. 얼른! 당장!"

메디가 야단을 치며 밀로를 침대 밖으로 밀었다.

"알았어, 알았어."

밀로는 에스칼라되르 신발과 배낭을 움켜잡았다가 잠깐 멈춰 손전등을 배낭에 넣고, 열쇠는 주머니에 넣었다. 그리고 크리스마스이브 선물을 팔에 끼고 문으로 향했다.

"정말 옷 안 갈아입고 갈 거야?"

메디가 회의적인 눈으로 밀로를 훑어보며 물었다.

"응."

크리스마스 날과 마찬가지로 크리스마스이브는 하루 종일 잠옷 차림으로 있는 것이 파인 가족의 전통이었다. 그러니 그린글라스 하우스에 묵는 손님들은 그냥 그러려니 해야 할 것이다.

어쩌면 지난밤 또다시 도난 사건이 일어났을 수도 있는데도 1층은 놀라울 정도로 조용했다. 정확히 말하면 조용하지는 않았다. 하지만 아무도 도둑을 맞았다고 울부짖지는 않았다. 아무튼 아직은 아니었다.

캐러웨이 부인과 리지가 식당 탁자 양쪽에 앉아 있었다. 리지는 금발 머리 꼭대기로만 알아볼 수 있었다. 팔에 얼굴을 묻고 어깨를 흔들고 있어서, 처음에 밀로는 리지가 울고 있다고 생각했다. 그런데 리지 맞은편에 있던 캐러웨이 부인의 얼굴을 보니 웃음을 참으려고 애를 쓰고 있었다.

부인의 시선이 밀로의 시선과 마주쳤다. 밀로의 표정이 어리둥절해 보였는지, 부인은 윙크를 하며 부엌을 향해 살짝 고개를 까딱했다. 부엌에 가 보니 재미있는 광경이 벌어지고 있었다. 펜스터 플럼과 히어워드 부인이 케이크를 만들려는 중이었다.

"하지만… 전기가…."

밀로가 의아해하자, 캐러웨이 부인이 고개를 저었다.

"난로와 오븐은 가스로 작동해. 잘 작동하고 있단다."

히어워드 부인과 펜스터는 다 같이 파인 부인의 앞치마를 입고 있었다. 히어워드 부인은 목에 걸어서 허리에 묶는 분홍색과 흰색 물방울무늬 앞치마를 골라 입었다. 펜스터의 앞치마는 스커트 앞부분처럼 보이는, 허리 아래쪽만 가리는 것으로, 자주색 바탕에 흰색 레이스 주름 장식이 빙 둘러 있고 라벤더색 꽃이 수놓인 주머니가 하나 있었다.

"펜스터, 베이킹을 할 때는 재료의 분량을 제대로 달아야 해요. 제발 되는 대로 몇 줌씩 집어넣지 말아요."

히어워드 부인이 많이 참고 있다는 걸 과장하며 말했다.

"시나몬이 더 필요한 것처럼 보여서 한 꼬집 더 넣은 것뿐입니다."

펜스터가 명랑하게 대답했다.

"꼬집을 꼬집이라고 부르는 이유는 손가락 두 개로 집을 만큼이기 때문이라고요."

"하지만 그 정도는 아무것도 안 넣는 것이나 마찬가지잖아요!"

"바로 그만큼이에요. 게다가 그건 시나몬이 아니라 후추예요. 제발 당장 내려놓으세요."

"후추가 필요할지도 모르잖아요."

펜스터가 툴툴거렸다.

"아니에요. 레시피를 보세요."

브랜든의 약한 목소리가 거실에서 들렸다.

"누구 저 사람들 좀 말려 주세요."

밀로는 목소리를 따라 소파 위의 담요 더미로 갔다.

"여기서 주무셨어요?"

밀로가 담요를 향해 물었다.

"그래. 위층으로 올라갈 수가 없었거든. 얘, 밀로?"

게슴츠레한 눈 하나가 담요 자락 밑에서 나타났다.

"저기 전쟁터에 몰래 들어가서 커피에다 우유를 조금 넣어 갖다줄 수 있겠니? 아이스박스에 있는 우유로. 이름이 뭐더라, 아무튼 저 부인이… 케이크에 들어갈 우유를 찾아 놓았다면 어떤 건지 알 거다."

"알았어요."

밀로는 소파 옆 바닥에 가방과 신발과 선물을 떨어뜨리고 부엌으로 향했다.

"안녕, 밀로. 우린 미스 조지를 위해 기운 팍팍 케이크를 만들고 있단다. 한번 볼래?"

펜스터가 자랑했다.

"케이크로 판명 날지는 두고 봐야 알겠죠."

히어워드 부인이 어두운 목소리로 말했다. 부인은 조리대 위로 손을 뻗어 펜스터의 손에서 깡통을 잡아채서는 방금 펜스터가 꺼냈던 찬장에 도로 넣었다.

"고마워요."

재료들이 모여 있는 조리대를 돌아 천천히 걸어간 밀로는 작은 캠프 난로 위에서 보온이 되고 있는 철제 커피포트를 발견했다. 브랜든이 말한 아이스박스들은 한쪽 벽에 일렬로 놓여 있었다.

"히어워드 부인, 어떤 박스에 우유가 있는지 아세요?"

"파란색 같구나, 밀로."

밀로가 머그잔을 들고 돌아왔을 때, 브랜든은 담요에서 나와 통나무를 불 속에 더 넣고 있었다.

"정말 고맙다."

"지난밤에 다들 늦게까지 깨어 계셨어요?"

"응. 네 엄마와 아빠는 펜스터와 나보다 더 늦게까지 있었지. 두 분이 몇 시에 잠자리에 들었는지는 모르겠구나."

브랜든은 석탄을 휘저으며 밀로에게 절반쯤 웃어 보였다.

"지금까지 꽤 다사다난한 휴일을 보냈다면서?"

"지금도 계속되고 있어요."

밀로는 목소리를 낮추었다.

"지난밤, 어른들이 여기서 일하는 동안 누가 몰래 돌아다니는 소리를 들었어요. 또 도둑맞은 물건이 있을 거라고 생각했는데, 아마 제 생각이 틀렸는지도 몰라요."

브랜든이 어깨를 으쓱했다.

"알 수 없지. 사람들이 대부분 아직 일어나지 않았으니까. 이제 겨우 아침이잖아. 오늘 일이 터질 시간은 엄청 많지."

바로 그 순간, 스테인리스 그릇이 마루에 부딪혀 울리는 소리가 들리고, 이어서 펜스터가 뭐라고 욕을 하는 소리와 히어워드 부인의 다 죽어 가는 한숨 소리가 들렸다.

"시작되었구나."

브랜든이 커피를 길게 한 모금 마셨다.

"부탁 하나 들어줄래, 밀로? 아빠가 일어나면 난 일찍 출발했다고 전해 주렴."

"발전기에 가시는 거예요?"

"응. 밤에 봤을 때보다 상황이 더 나쁘지 않았으면 좋겠구나. 그리고 펜스터가 집에 불을 내면 헛간에 있는 편이 더 안전하기도 하고."

브랜든은 밀로의 어깨를 탁 치며 로비로 가서 방한복을 입기 시작했다.

"다른 사람들이 일어나기 전에는 새로운 뉴스가 없을 것 같아."

조용히 크리스마스트리 뒤에 앉아 있던 메디가 말했다.

"너, 선물 잊고 있었지."

메디가 덧붙여 말했다.

"오, 이런!"

밀로는 배낭 옆에 있던 선물을 가져와 크리스마스트리 난롯가에 가서 앉았다. 불쌍한 나무. 파인 가족의 크리스마스 풍습은 대부분 정전에 영향을 받지 않았다. 불도 있고 양초도 있었으며, 난로도 여전히 잘 작동하고 있으니 핫 초콜릿은 확실히 부족하지 않을 터였다. 하지만 나무는 예외였다. 불빛이 없는 크리스마스트리는 슬프고 쓸

쓸하게 보였다.

하지만 밀로는 아직 열어 보지 않은 빛나는 금빛 선물이 있었고, 크리스마스 선물은 슬픈 크리스마스트리보다 힘이 셌다.

밀로는 리본을 풀어 조심스레 낮은 나뭇가지 하나에 다시 묶었다. 그런 다음 상자를 뒤집었는데, 종이 가장자리가 합쳐진 이음매에 작은 봉투가 끼워져 있었다. 봉투 안에는 흔들 목마가 그려진 카드가 있었고, 카드 안쪽에는 파인 씨의 읽기 힘든 손글씨가 있었다.

즐거운 크리스마스이브, 밀로! 우린 너를 너무 사랑하고 또 올해 일어난 녜기치 않은 일들을 잘 처리하고 있는 네가 매우 자랑스럽다. 또한 랜턴을 선물하겠다는 훌륭한 생각도 대견하구나. 히어워드 부인에게 줄 때 이 박스를 다시 사용할 수 있을 거다.

간밤에 이걸 찾으려고 꽤 긴 시간을 들였단다. 네가 관심을 가질 것 같진 않다만, 그래도 좋아하길!

사랑한다, 아빠가.

밀로는 금박지를 벗기고 손톱으로 상자를 봉한 테이프를 갈랐다. 안에는 끈으로 졸라맨 작은 파란색 벨벳 주머니가 은박지 안에 자리 잡고 있었다. 주머니를 꺼내 끈을 풀어 손바닥에 대고 뒤집었다. 엄지만 한 크기의 금속 조각상이 손바닥으로 떨어졌다.

메디가 자세히 보려고 몸을 숙였다.

"와. 너네 아빠 멋있다."

"이게 뭔데?"

밀로가 물었다. 작은 피규어를 칠한 물감은 세월이 지나면서 어둡

게 변해 있었다. 갈색 튜닉과 암갈색 바지가 주머니와 같은 파란색을 띄었다. 낮게 쭈그리고 앉은 피규어의 자세는 몰래 뭔가를 하고 있는 것 같았다. 분홍빛 도는 갈색 손은 양쪽 다 이상하게 생긴 단검을 잡고 있었다.

"네 아빠의 이상한 길에 나오는 캐릭터가 틀림없어. 거기서 티어서 신호수 역할을 하면서 바로 이것처럼 생긴 나비 검을 썼다고 하셨잖아."

메디가 말하며 피규어의 손에 들린 무기들을 조심스레 만졌다.

"심지어 색칠도 직접 하신 것 같아."

"이런 걸로 게임을 하는 거야?"

밀로가 물었다. 메디는 전에 피규어에 대해 말한 적이 없었다.

메디가 고개를 끄덕였다.

"응. 테이블 게임에서. 많은 사람이 이런 플레이어를 갖고 싶어 해. 장애물과 적, 아이템 같은 걸 시각화하는 데 도움이 되거든."

"와."

밀로는 작은 남자의 얼굴을 자세히 살펴보았다. 아빠와는 물론 전혀 닮지 않았지만 블랙잭처럼 보이는 건 확실했다.

순간 후회가 짜르르 밀려왔다. 게임에서 그냥 현실 세계의 아빠를 상상한 것이 아니라, 블랙잭 아버지를 지어냈기 때문이다.

'그냥 저 피규어가 아빠라고 생각하자.'

밀로는 생각했다. 그리고 죄책감만큼 아픈 고통과 함께 중국 글자가 새겨진 열쇠 줄과 그 글자들에 어울리도록 지어낸 부모를 그려 보았다.

'네그렛은 밀로와 달라.'

밀로는 자신에게 말했다. 이 생각이 양심의 가책을 조금 덜어 주었다. 밀로는 피규어를 도로 벨벳 주머니에 넣고 조심스레 배낭 안쪽 주머니에 넣었다.

"히어워드 부인에게 줄 램프를 포장해서 금방 돌아올게."

밀로는 금박지를 주워 모아 부엌으로 들어갔고, 난리법석을 치며 케이크를 굽고 있는 사람들에게 가까이 가지 않으려고 최선을 다하면서 랜턴 기름을 담을 병을 찾았다. 몇 분 후 밀로는 2층 서재에서 조심스레 바닐라 농축액을 담았던 빈병에 랜턴 기름을 옮겨 담았다. 그런 다음 램프와 부싯깃 통과 병을 함께 상자에 넣고, 같은 금박지로 다시 싸서 들고 다시 아래층으로 내려갔다.

부엌에서는 앞치마를 입은 두 명의 제빵사가 세 개의 케이크 팬에 반죽을 담고 있었다. 그러는 동안 리지와 리지 엄마는 식당에서 두 눈을 크게 뜨고 지켜보고 있었다. 안으로 돌격해서 대신 나서지 않도록 자제심을 있는 대로 긁어모으고 있는 것처럼 보였다. 마침내 펜스터는 간신히 오븐에 팬을 넣었고, 히어워드 부인은 토마토 모양 타이머를 돌렸다.

리지와 캐러웨이 부인이 천천히 박수를 치기 시작했다. 밀로도 싱긋 웃으며 합세했고, 다음엔 메디도 함께했다. 히어워드 부인은 자신을 놀린다고 생각한 듯 얼굴을 찡그리며 바라보았지만, 펜스터는 얼굴을 빛내며 몸을 굽혀 절을 했다. 놀랍게도 히어워드 부인이 어색하게 미소 지었다. 곧이어 부인도 몸을 굽혀 절을 했다.

박수갈채의 현장에 밀로의 엄마 아빠가 도착했다.

"이 소란은 뭐예요?"

파인 부인이 졸린 눈으로 물었다.

"히어워드 부인의 도움으로 부엌의 펜스터를 견뎌낸 축하예요."

캐러웨이 부인이 말했다.

"설거지는 내가 할게요."

펜스터는 고개를 저었다.

"고인이 되신 어머니께서, 부디 평안히 쉬시길. 그러면 절대 날 용서 안 하실 겁니다. 사용했던 공간을 정돈하지 않은 채로 두고는 절대 떠나지 마라, 하셨죠."

"전적으로 동의해요. 내가 씻을 테니 펜스터 씨는 말려 주세요."

히어워드 부인이 말했다.

캐러웨이 부인이 다시 벤치에 털썩 주저앉았다.

"두 분이 그렇게 가까워지다니. 아주, 아주 가까워지셨어요."

캐러웨이 부인이 중얼거렸다.

밀로는 웃으며 박스를 거실로 들고 가, 크리스마스트리 아래에 놓았다. 잠시 후 파인 씨가 들어와 난롯가 밀로 옆에 앉았다.

"내 선물 봤니, 밀로?"

"네! 정말 아빠의 이상한 길 캐릭터예요? 그 티어서 신호수요?"

"그래."

파인 부인이 몇 분 후 머그잔 세 개를 들고 왔다. 파인 부인은 한 잔은 밀로에게, 또 한 잔은 파인 씨에게 건네주고 그들 옆 마루에 앉아 미소를 띠고 귀를 기울였다. 파인 씨는 아버지 배에서 일했던 요리사가 그 게임의 고수였다는 것까지 포함해서 어렸을 때 했던 이상한 길 게임에 대해 회상했다.

불에서 좋은 냄새가 났고, 나무에서도 좋은 냄새가 났으며, 심지어 그 순간에 풍겨 나오는 케이크 냄새도 좋았다. 밀로는 핫 초콜릿을 홀짝이며 더없이 행복하고 평온했다. 집은 괴짜들이 우글거렸지만, 적어도 당장은 엄마 아빠와 함께 크리스마스이브를 보낼 수 있었다. 심지어 메디조차 지금은 밀로가 자신을 필요로 하지 않는다는 것을 감지한 것 같았다. 메디는 커플 소파 너머로 슬쩍 엿보고는 곧 미소를 지으며 시야에서 밑으로 사라졌다.

하지만 물론 평화는 오래 지속되지 못했다. 마침내 파인 씨가 두 손으로 무릎을 탁 치며 일어섰다.

"브랜든을 거들어 주러 가는 게 좋겠어."

"보온병을 가져가요."

파인 부인이 남편에게 말했다. 부인은 밀로의 이마에 입을 맞추고 역시 자리에서 일어섰다.

"오데트, 아침 식사 시작해도 되겠어요?"

파인 부인이 물었다.

캐러웨이 부인이 부엌을 들여다보았다.

"그런 것 같은데요. 설거지가 막 끝난 것 같아요."

캐러웨이 부인이 싱긋 웃으며 말했다.

몇 분 후, 의기양양한 제빵사들이 나타났다. 노부인은 한 손에 차 한 잔을 들고 물방울무늬 앞치마를 벗어던졌다. 펜스터는 곧바로 로비로 가서 코트를 입기 시작했다. 흉물스런 레이스 자주색 앞치마를 아직 입고 있는 것을 잊어버린 듯 보였다.

히어워드 부인이 소파에 앉아 등을 기대고는 눈을 감고 한숨을 쉬었다. 밀로는 메디가 다시 등받이 너머로 바라보는 것을 알아차렸다. 둘은 눈길을 교환했고 메디는 밀로에게 건너왔다.

밀로는 금박지로 포장한 선물을 들고 노부인 옆에 가서 앉았다.

"히어워드 부인?"

부인은 흐뭇한 미소를 지으며 눈을 떴다.

"왜, 밀로?"

밀로는 상자를 내밀었다.

"며칠 전 다락에서 이것을 발견했는데요, 부인이 갖고 싶어 하실 것 같았어요. 엄마와 아빠도 좋다고 하셨고요."

"오, 정말?"

부인은 주저하며 선물을 받았다.

"정말 뭐라고 말해야 할지 모르겠구나."

"열어 보세요."

밀로는 기대감에 조금 들떠서 말했다.

부인은 고통스러울 정도로 천천히 포장을 뜯었다. 밀로의 엄마하고 똑같았다. 종이를 찢으면 세상이 끝날 것처럼 행동했다. 밀로는 부인을 재촉하지 않으려고 자신을 억눌렀다. 마침내 부인이 상자 뚜껑을 열고 랜턴을 보았다.

"세상에 이게…."

부인은 랜턴의 체인을 잡고 들어 올렸다.

"네가… 네가 이것을 발견했다고?"

"뒤집어서 바닥을 보세요! 거기…."

밀로가 제안했다.

히어워드 부인이 불꽃 상징을 발견하고 날카롭게 숨을 들이쉬었다.

"오, 이런."

"부인의 이야기 기억하세요? 소원을 들어주는 막대기 남자가 줄리안의 신발과 칼과 랜턴에 상징 같은 긁힌 자국을 내었지요?"

"그래, 그래. 기억난다."

부인이 부드럽게, 경탄스러운 듯이 말했다.

"전 생각했어요⋯. 부인 가방의 철문에도 저 랜턴이 있잖아요. 아마도 부인 선조가 샀던 유물은 칼이 아니라 랜턴일지도 몰라요! 랜턴은 배에서 쓸모가 있으니까요, 안 그래요?"

히어워드 부인이 고개를 끄덕였다.

"분명히 그럴 게다."

"어쩌면 줄리안의 것이 아닐 수도 있지만, 부인께서 좋아하실 것 같았어요."

밀로는 상자 안에 손을 넣어 병과 부싯깃 통을 꺼냈다.

"보세요. 여기 부싯돌도 있고 기름도 좀 있어요. 지난밤에 아빠랑 켜 보았어요. 불꽃이 파란색이었어요!"

"파란색 불꽃⋯, 그것까지 말하지는 않은 것 같은데⋯."

히어워드 부인이 중얼거렸다.

"이야기에 푸른 불꽃이 있었어요?"

부인이 고개를 끄덕였다.

"로머 이야기에는 이 세상의 것이 아닌 불은 늘 파란색으로 탄다고 해."

부인은 못 믿겠다는 듯 고개를 저었다.

"물론 불가능한 일이야…. 현실 세계에 이런 유물이 있으리라고 생각한 건 어리석었지. 하지만… 그래, 밀로. 난 '만약 있다면?'이라고 생각하기로 마음먹었어."

부인은 체인을 살짝 비틀었다. 램프가 천천히 돌았다.

"뭐든 가능하지 않겠니?"

"그럼요. 뭐든 가능하지요."

밀로가 힘차게 고개를 끄덕였다.

"이걸 내게 줘도 정말 부모님이 괜찮다고 하셨니?"

밀로는 호주머니에서 아빠의 크리스마스이브 카드를 꺼내 자랑스럽게 들어 올렸다. 히어워드 부인이 안경을 고쳐 쓰고 읽어 보고는 다시 자리에 앉았다.

"그렇다면 영광으로 알고 기쁘게 선물을 받아들이겠다. 정말 친절하구나. 잃어버리지 않게 내 방에 갖다 두어야 할 것 같다."

부인은 밀로의 어깨에 잠깐 어색하게 한 손을 올려놓은 다음 선물을 주워 들고 위층으로 사라졌다.

아침 식사 요리 냄새가 남은 손님들을 한 사람씩 아래층으로 내려오게 했다. 여전히 풀이 죽은 모습의 조지, 노란색 바탕에 빨간색 지그재그 무늬 양말을 신은 빈지 씨, 늘 똑같아 보이는 고위바인 박사. 그리고 맨 마지막으로 클렘과 오웬. 하룻밤 푹 자고 난 새로운 손님에게는 기적이 일어난 것처럼 보였다.

"밀로? 밖에 나가 정비사분들께 아침 식사 드시라고 말해 주겠니?"

밀로는 전날 밤 도난 사건이 있었는지 지켜보는 편이 훨씬 흥미로

웠지만 아무도 도난을 입에 올리려는 것 같아 보이지는 않았다. 조지를 제외하면 모두들 꽤 정신이 맑아 보였다. 그래서 밀로는 방한복을 입고 밖으로 나왔다.

이제 회색 구름들은 하늘 곳곳에 흩뿌려져 떠다니고 있었지만, 세상의 얼어붙은 표면에는 밀로가 선글라스를 쓰고 싶을 만큼 햇빛이 가득했다. 밀로는 옷깃을 세우고 턱을 내려서 살을 에는 바람에 저항하며 집 측면을 돌아 아빠와 브랜든, 펜스터가 납작하게 밟아 놓은 길로 들어섰다.

발전기는 집 뒤쪽 벽돌 헛간에 늘 혼자 있었다. 밀로는 혹시 '발전기 작업'을 하는 데 불쑥 들어갔을 때 생길 수 있는 위험한 경우를 대비해서 문을 두드렸다. 문이 열리고 브랜든이 내다보았다.

"아, 밀로?"

"엄마가 아침 식사를 하실 수 있는지 여쭤보래요."

브랜든이 미소 지으며 어깨 너머를 바라보았다.

"여보게들, 우리 식사할 시간 있나?"

"그런 것 같아."

파인 씨의 목소리는 제자신에게 꽤나 흡족한 듯이 들렸다.

"펜스터, 한번 해 보게."

잠시 후 목 졸린 듯한 털털거리는 소음이 들려왔다. 밀로는 그 소리에 움찔하며 문에서 도망치다가 자기 발에 걸려 얼음 표면을 부수며 그 아래 부드러운 눈 속으로 엉덩방아를 찧었다. 밀로가 몸을 일으켰을 때 털털 소리는 규칙적인 기침 소리가 되었다가 낮게 웅웅거리는 소리로 바뀌었다. 세 사람이 만족한 얼굴로 밖으로 나왔다. 파인 씨는 수건으로 두 손을 문질렀다.

"여보게들, 가서 우리가 받을 보상을 주장하세."

파인 씨가 수건을 과장된 몸짓으로 흔들며 선언했다.

"그 시끄러운 소리는 뭐예요? 다시 작동하는 거예요?"

밀로가 물었다. 파인 씨가 윙크를 했다.

"따라와 보면 알 거야."

그들이 그린글라스 하우스로 돌아가자 사람들은 열렬한 기립 박수로 맞았다. 탁자 위에 걸린 곡선이 많은 흰색 유리 샹들리에부터 거실 구석에서 따뜻하게 반짝이고 있는 크리스마스트리의 전구까지 전기가 다시 들어와 있었다.

밀로는 축하를 받는 파인 씨와 펜스터와 브랜든을 떠나 메디 옆 커플 소파에 털썩 주저앉았다. 메디는 등받이에 기대어 생각에 잠긴 눈으로 크리스마스트리를 응시하며 망토 소매를 만지작거리고 있었다.

"내가 나갔을 때 흥미로운 말을 한 사람 있어?"

밀로가 속삭였다.

"지난밤에 뭐가 없어졌다고 주장한 사람이 있느냐는 뜻이면 없어."

메디가 고개를 돌려 어깨 너머를 흘낏 보며 대답했다.

"하지만 히어워드 부인은 펜스터가 아이싱을 잊어버린 걸 알아차리기 전에 슬그머니 케이크를 완성하려는 것 같아."

마치 메디의 말을 우연히 들기라도 한 것처럼 펜스터가 식당에 있는 사람들로부터 떨어져 나와 곧장 부엌으로 갔다. 곧 말다툼 소리가 이어졌다.

"너무 늦었네."

밀로가 말했다.

아이싱 문제에 의견이 일치하지는 않았어도, 캐러웨이 부인은 며칠 동안 보았던 것 가운데 가장 유쾌한 식사를 위해 사람들을 탁자로 불러들여 접시에 음식을 담게 하는 데 성공했다. 밀로는 메디가 식당에서 빈지 씨와 고워바인 박사를 지켜보게 두고 바닥에 앉아 커피 테이블에서 식사를 했다. 그때 갑자기 히어워드 부인이 소파에 나란히 앉아 있는 조지에게 몸을 숙이며 속삭였다.

"괜찮은 거죠?"

조지는 클렘과 오웬이 앉아 있는 난롯가 쪽을 흘끗 보았다. 심지어 밀로조차 그 두 사람이 얼마나 행복한지 알 수 있었다. 밀로는 당황스러울 정도였다. 두 사람은 서로를 얼마나 좋아하는지 감출 수 없는 것 같았다.

파랑 머리 조지가 깊이 숨을 들이쉬었다.

"네. 히어워드 부인. 전 괜찮아요. 고맙습니다. 어서 드세요."

히어워드 부인은 냅킨으로 입술을 톡톡 두드린 다음, 포크를 집어 들고 주스 잔에 부드럽게 탁탁 부딪쳤다.

"방해해서 죄송한데, 젊은이, 오웬이라고 했지요?"

오웬이 쳐다보았다.

"네, 맞습니다."

"지난밤 우리 모두 젊은이에 대해 궁금해했답니다. 이해하시겠지요. 하지만 몸이 편치 않은데 귀찮게 하고 싶지 않았어요. 또 젊은이를 돌보는 미스 캔들러를 귀찮게 하고 싶지도 않았고요."

히어워드 부인이 조금 변명하듯 말했다.

"그런데, 조지도 젊은이를 잘 아는 것 같더군요. 어제 오후에 조지가 우연히 젊은이의 가운데 이름을 언급하더군요."

"제… 가운데 이름이요?"

오웬이 조지를 바라보았다.

"네가 그걸 아는지 몰랐어."

조지가 슬픈 미소를 지으며 말했다.

"몰랐을 거야."

히어워드 부인이 조지의 손을 다독이며 오웬에게 물었다.

"랜스디가운, 흔한 이름이 아니지요. 혹시 그런 이름을 가진 다른 사람을 만난 적 있습니까?"

"아뇨, 부인. 솔직히 말해 저도 알아보려고 노력했지만, 그러나…."

오웬이 두 손을 벌렸다.

"시에 보관된 기록에서 찾아보기 시작했는데, 별 소득이 없었습니다. 제 입양 기록에는 친부모에 대한 정보가 없었어요. 저는 버려진 아이였습니다."

'나랑 똑같네.'

밀로는 생각하며 더 자세히 들으려고 몸을 기울였다. 식당에서 식사를 하던 사람들이 이제 슬슬 거실로 옮겨 왔다.

"그러게, 젊은이, 내가 도와줄 수도 있어요. 젊은이와 내가 친척일지도 모른다는 것을 알면 놀라시려오?"

이제 모든 사람이 그들을 응시했다. 밀로는 그 이유를 이해할 수 있었다. 파인 씨 부부가 밀로를 아들이라고 말할 때 이따금 사람들은 똑같은 반응을 했다.

"정말요? 매우 놀랍습니다."

오웬은 히어워드 부인의 창백한 피부와 파란색 눈을 바라보며 천천히 인정했다.

"그러리라고 생각했다오. 잠깐 이야기 하나 할게요. 나는 밀로에게 내 선조 가운데 한 사람이 이 집을 지었다고 말했어요. 그 가족에는 아이가 둘 있었지요. 큰애는 루시라는 이름의 소녀였는데, 아버지는 영국 사나포선 선장이었어요. 사나포선이란 정부의 승인을 받아 교전국의 선박을 공격할 수 있는 민간 무장 선박인 것, 아시지요? 아무튼 선장은 루시 엄마가 죽은 뒤 재혼을 했는데, 두 번째 아내는 중국인이었답니다."

부인은 말을 멈추고 오렌지 주스를 한 모금 마셨다.

"두 사람에게는 아들이 있었어요. 루시의 이복동생인 거죠. 이름은 리아오였는데, 예닐곱 살 될 때까지 엄마랑 중국에서 살았답니다. 루시는 아버지와 함께 배에서 살았고요. 그러다가 1812년 전쟁이 시작된 어느 땐가 선장은 이제 분쟁을 피할 만한 곳에 가족을 데려올 때가 되었다고 결정했지요. 그래서 이 집을 짓고 사랑하는 사람들을 넥스피크로 데려왔습니다.

이 집의 이름을 생각해 낸 것은 두 아이들이었어요. 선장의 성은 블루크라운이었는데, 루시의 요청에 따라 어린 소년 리아오는 블루와 크라운, 이 두 단어를 최선을 다해 중국어로 번역했지요. 당시 역시 아주 어렸고 또 그 언어에 대해 거의 알지 못했던 루시가 발음을 받아 적었어요. 나 역시 그 단어를 제대로 발음하는 법을 모르지만, 그 뒤로 가족들은 이 집을 '랜스디가운'이라고 부르게 되었답니다."

오웬은 눈을 크게 뜬 채 넋 놓고 듣고 있었다. 밀로는 그럴 만도 하다고 생각했다. 그것은 밀로가 자신의 뿌리에 대해 늘 알고 싶어 했던 바로 그런 종류의 이야기였다.

"그래서 난 젊은이가 리아오의 후손일지 모른다고 생각했다오. 아니면 루시의 어느 후손과 결혼한 아시아계 사람이거나. 그건 알 수 없을지도 모릅니다. 아무튼 랜스디가운이라는 이름의 유래는 그렇답니다. 어린아이 둘이 '블루크라운'이라는 성을 번역한 거예요."

젊은이는 고개를 저으며 중얼거렸다.

"놀라운 일입니다."

밀로는 눈을 세게 깜박여 울지 않으려고 애썼다. 잘 이해되지 않는 감정이 내면에서 용솟음쳤다. 자신의 조상에 대해 뭔가를 알게 된 것 같아서도 아니었고, 오웬에게 질투가 나지도 않았다. 오웬을 대신해서 행복했다. 자신의 출신에 대해 아무것도 모르던 사람이 뭔가를 알게 된 것을 보는 것만으로도, 미치도록, 믿을 수 없도록, 행복했다.

울지 않으려고 애쓰던 사람은 밀로만이 아니었다. 클렘, 담대하고 침착한 클레멘스 O. 캔들러는 이미 그 싸움에서 지고 말았다. 클렘은 주르륵 눈물을 흘리며 조지를 바라보았다.

"부인이 네게 물었어? 말하기 전에 네 허락을 구한 거야? 넌 알고 있었어?"

클렘이 물었다. 조지 역시 세게 눈을 깜박거리며 대답했다.

"난 네가 방으로 올라간 뒤에 나의, 아니 우리의 이야기를 했어. 그때 그 이름을 언급했는데, 히어워드 부인이 이야기를 조합한 거야."

"이 이야기를 해야 한다고 생각한 사람은 밀로였어요."

히어워드 부인이 오웬에게 말했다.

"그리고 오늘 아침 조지가 밀로 말이 옳다는 확신을 주었지요."

"그래도… 그래도 그 모든 일이…"

클렘이 말을 더듬었다. 목소리가 갈라졌다.

"어떻게 너와 내가… 우리 둘 다… 왜 너는…"

"왜냐하면 너희 둘을 좀 봐!"

조지는 눈물을 억제하지 못하고 목이 메었다.

"나는 더 이상 너를 이기려고 애쓸 이유가 없었어."

클렘은 일어서서 비틀비틀 방을 가로질러 갔다. 그리고 조지가 일어나서 달리 무슨 행동을 하기도 전에 클렘이 팔로 와락 조지를 감싸 안으며 세게 껴안았다.

"고마워, 파랑 머리."

클렘이 속삭였다. 조지는 순간 얼어붙은 듯 서 있다가 클렘을 얼싸 안으며 똑같이 꼭 껴안았다.

오웬으로 말할 것 같으면, 조상에 대한 새로운 정보와 두 여자들의 이상한 행동 사이에서 어떤 것에 냉정을 잃어야 할지 모르는 것처럼 보였다. 둘이 자신의 마음을 얻기 위해 내내 경쟁하고 있었던 사실을 전혀 알지 못한 것 같았다.

한편, 밀로는 바닥에 꼼짝도 하지 않고 앉아 심장이 고통스럽게 뛰는 동안 가까스로 눈물을 막고 있었다.

'블루크라운.'

밀로는 하얀 손가락들을 억지로 움직여 커피 테이블 위에 접시를 내려놓고 주머니에 손을 넣었다. 손가락이 가죽 열쇠고리를 발견하고는 원반 위 글자들을 여러 번 쓸어 보았다. 밀로는 열쇠고리를 꺼내 뒤집어서는 반대쪽에 있는 그림을 바라보았다. 목에서 응어리가 느껴졌다.

밀로는 네그렛의 아버지를 상상해 보았다. 아들처럼 중국인이고, 자신이 이 열쇠를 물려받았던 것처럼 다시 아들에게 물려주었다. 메디의 게임은 처음으로 엄마 아빠에게 불충실하다는 죄책감 없이 친부모를 상상해 볼 계기를 주었다. 밀로는 무척 빨리 이 열쇠와 상상의 역사를 귀중히 여기게 되었다.

'그건 나의 진정한 역사야.'

네그렛의 목소리가 밀로의 마음속에서 말했다.

'맞아. 하지만 오웬에게는 진정한 것 이상이야. 사실인 거지.'

밀로가 조용히, 슬프게, 대답했다.

밀로는 눈을 닦고 애써 쾌활한 표정을 짓고 자리에서 일어섰다. 그리고 경악과 침묵으로 가득한 방을 가로질러 가서 아버지의 소맷자락을 끌어당겼다. 밀로는 아버지에게 열쇠고리를 보여 주며 속삭여 물었다.

파인 씨가 아내를 흘끗 바라보며 빙긋 웃었다.

"밀로가 다락의 물건들을 치우는 중인가 봐요."

파인 씨는 밀로에게 말했다.

"당연하지, 얘야. 왜 안 되겠니?"

밀로는 목을 가다듬었다.

"실례합니다. 여러분, 실례합니다."

목소리가 조금 떨렸지만, 남이 알아차릴 수 있을 만큼은 아니기를 바랐다. 열세 쌍의 눈이 밀로에게 향했다. 밀로는 오웬 쪽으로 돌아섰다.

"저… 오웬 씨, 며칠 전에 이걸 발견했어요. 꽤 괜찮아 보여서 간직하고 있었는데요, 오웬 씨에게 드려야 할 것 같아요."

밀로는 열쇠고리를 내밀었다.

오웬은 그것을 받아 들고 열쇠들 사이에 매달린 원반을 찬찬히 살펴보았다. 밀로는 오웬이 손가락으로 중국 글자를 쓰다듬은 다음 뒤집어서 파란색 에나멜 반점들로 새겨진 왕관을 발견하는 모습을 지켜보았다.

'블루크라운.'

"아…, 뭐라고 말해야 할지 모르겠구나."

오웬은 감정이 북받치는 표정으로 밀로를 바라보았다. 밀로는 그 감정을 표현할 단어가 없었지만 어떤 감정인지 잘 알았다.

"소중하게 간직할게."

오웬이 조용히 말했다.

"정말 내가 가져도 되는 거니?"

밀로가 엄숙하게 고개를 끄덕였다.

"먼저 엄마하고 아빠한테 여쭤봤어요."

젊은이는 손가락으로 열쇠를 감싸 쥐었다.

"고맙다, 밀로. 이것이 내게 무슨 의미인지 넌 모를 거다."

"모르지 않아요. 저도 입양되었거든요."

밀로가 고백했다.

그런 다음 밀로는 다시 바닥에 앉아 커피 테이블에서 접시를 집어 들었다. 여전히 자신을 향한 시선이 느껴졌지만 무시했다. 네그렛은 아버지의 유일한 기념품을 잃었다. 하지만 물건을 받았으면, 결국은 다른 누군가에게 줘야 하는 법이다. 네그렛은 생각했다. 아마도, 아마도, 늙은 블랙잭은 네그렛에게 열쇠를 주면서 이런 비슷한 말을 했을 거야.

'이것을 너에게 줄 테니 언젠가 너도 다른 사람에게 주어라. 그 사람이 네 아들일 수도 있고 아닐 수도 있다. 심지어는 낯선 사람일 수도 있겠지. 그 사람을 발견하면 이 열쇠에 어울리는 사람인지 단박에 알 거다.'

이렇게 밀로와 네그렛은 블랙잭의 열쇠를 내주는 것으로 화해했다. 밀로는 마음의 아픔이 아주 경미해진 것을 깨닫고 놀랐다. 밀로는 깊이 숨을 들이쉬었다가 천천히 내쉬고는 다시 팬케이크로 주의를 돌렸다.

밀로가 팬케이크를 몇 입 먹었을 때 조지가 옆에 와서 앉더니, 팔꿈치로 옆구리를 부드럽게 찔렀다. 조지의 눈은 빨갰지만 행복해 보였다.

"잘했어. 고맙다. 그렇게 해 줘서. 그리고 히어워드 부인에게 말해 줘서."

조지가 속삭였다.

"비록 오웬이 조지를 더 좋아하게 되지는 않았어도요?"

밀로가 속삭여 대답했다.

"그럼."

조지는 망설이다가 고개를 끄덕였다.

"그랬어도 그래. 넌 내가 사랑하는 사람에게 진짜 중요한 선물을 줬어."

밀로가 조지를 팔꿈치로 쿡 찌르며 말했다.

"조지도 잘했다고 생각해요."

이번 일은 밀로가 '고아 마법'에 대해 읽을 때 생각했던 그런 마법은 아니었지만, 그래도 마법 같은 일이 일어났고, 한때 고아였던 자신이 그 일을 해냈다.

"고맙다."

조지는 손으로 무릎을 탁 치고 일어섰다.

"파인 부인? 이야기 좀 할 수 있을까요?"

커피포트를 들고 거실을 돌고 있던 밀로의 엄마가 고개를 끄덕이고 크리스마스트리 근처의 조지에게 왔다.

"전 오늘 떠나야 할 것 같아요."

조지가 조용하게 말했다.

"저를 이리로 건네준 뱃사공이 명함을 주면서 다시 배가 필요하면 전화하라고 했어요."

파인 부인이 고개를 저었다.

"전화선이 전선 바로 위에 이어져 있어요. 시에서 기술자를 파견해서 고치기 전에는 작동이 안 될 거예요."

조지가 한숨을 쉬었다.

"그럴 줄 알았어요. 배를 띄워 달라고 알릴 다른 방법은 없을까요?"

"깃발을 올릴 수는 있어요. 물론 답이 올 때까지 얼마나 오래 걸릴지는 몰라요. 비상 색깔 깃발을 올릴 수도 있지만… 그건 위급한 상황에서만 울리거든요."

파인 부인이 미안해하는 표정을 지었다.

"그럼요, 당연히 그렇겠죠."

조지가 머리를 긁적였다.

"하지만 저, 저를 위해 깃발을 올려 주시겠어요?"

"물론이죠, 조지. 그렇게 해 주길 원한다면."

"고맙습니다…. 곤란하게 해 드려 죄송합니다. 만약 누가 온다면 어떻게 알 수 있을까요? 얼마나 걸릴지 아시나요?"

"이런 날씨에요?"

파인 부인이 생각해 보더니 말했다.

"나룻배 선착장을 폐쇄해 놓았을 거예요. 그러니 떠나고 싶은 사람이 있다는 신호를 보는 데 얼마나 걸릴지 모르겠어요. 오 분밖에 안 걸릴 수도 있고 날씨가 진정될 때까지 전혀 답이 없을 수도 있어요. 선착장이 아직 열려 있다면 깃발을 올리겠지만, 다시 눈이 내리기 시작하면 우리가 그 깃발을 못 볼 수도 있어요. 만약 선착장이 닫혔다 해도 날씨에 개의치 않고 일을 하려고 나와 있는 사람이 있다면 벨을 울릴 거고요. 아시겠지만, 누가 오든 뱃삯은 아주 비쌀 거예요."

조지는 상관 없다는 식으로 손을 흔들었다.

"괜찮아요. 기분 상하게 할 뜻은 없지만, 저체온증에 걸릴 위험을 무릅쓰고라도 여기서 나가고 싶어요."

파인 부인의 얼굴에 염려하는 기색이 스쳐 지나가자 조지가 덧붙였다.

"제 마음이 그렇단 말이예요."

"좋아요, 조지. 벤에게 깃발을 당장 올려 달라고 부탁할게요."

파인 부인이 조지의 어깨를 꼭 쥐며 말했다.

그 후 한동안은 평온했다. 밀로가 아침 식사를 마치고 접시를 부엌으로 들고 갔는데, 엄마가 밀로를 들어 올리며 꼭 껴안았다. 품에서 놓아 줄 때 보니 놀랍게도 엄마의 눈은 조금 빨갰다. 엄마도 울고 있었던 것 같았다.

"엄마, 왜 그래요?"

밀로가 물었다.

"아니다, 밀로."

엄마는 다시 밀로를 꼭 껴안으며 말했다.

"그냥 자랑스러워서."

밀로는 여전히 북받치는 감정을 안고 거실로 돌아왔다. 메디를 찾아 크리스마스트리 쪽으로 방을 가로지르는데, 오웬이 난롯가에서 말을 걸었다.

"밀로, 잠깐 시간 좀 있니?"

"네."

밀로는 오웬 옆에 앉았다. 오웬이 손을 들어 올렸다. 손바닥에 오웬의 엄지만 한 길이의 상아색 조각상이 있었다. 발톱을 가진 발과 송곳니가 있는 사나운 얼굴을 지닌 뱀 모양이었다.

"용이에요?"

오웬이 고개를 끄덕였다.

"어렸을 때 난 용에게 푹 빠져 있었단다. 중국 신화에 용들이 나오잖니. 내가 모은 용이, 아마… 수백 개는 될 거다. 그림, 책, 인형. 이것처럼 작은 녀석은 엄청나게 많아."

오웬이 피규어를 내밀었고 밀로는 조심조심 받았다. 그것은 보기보다 무거웠다.

"내가 가장 좋아하는 거야."

밀로가 용을 손가락으로 돌려 보자 오웬이 말을 이었다.

"내가 열 살 때 벼룩시장에서 발견한 거야. 알고 보니 진짜 상아로 만든 골동품이더라. 하지만 내가 진짜 좋아한 것은 주로 작은 얼굴이었어. 인형을 갖고 놀기에는 너무 자랐고, 내가 그렸던 용 그림들을 둘 공간이 없어졌어도 그 녀석만큼은 간직하고 어디든 갖고 다녔지."

오웬이 주저하며 말했다.

"너에겐, 다른 사람에겐, 이상하게 들릴지도 모르겠지만… 그게 내 선조와 연결되는 나만의 방식이었단다. 내가 선조에 대해 어떤 느낌을 갖는지 확실하지 않을 때에도, 그 관계에서 내 자리가 어딘지 확신하지 못할 때에도 호주머니에 늘 갖고 다녔단다. 알아듣겠니?"

밀로는 고개를 끄덕였다. 용을 뚫어지게 바라보며 감정을 정리하려고 애를 썼다.

"심지어 난 이야기를 지어내기도 했어."

오웬이 조금 웃으며 말했다.

"때로는 용과 모험에 대해, 때로는 피규어에 대해서도. 난 피규어가 어디서 왔는지도 상상했단다. 지금도 그것 없이는 거의 아무 데도 가지 않아. 하지만 밀로, 내가 늘 주머니에 넣어 갖고 다니는 용

대신 실제로 내 조상과 관련된 물건을 가질 수 있을 거라고는 생각지도 못했어. 백만 년 후라면 모를까. 그런데 이제 네 덕분에 그것을 갖게 되었으니, 내 용을 물려줄 때가 된 것 같아."

둘은 함께 용을 내려다보았다.

"그걸 너에게 주고 싶어. 적어도 네게 행운을 가져다줄 거야."

밀로는 입을 벌려 고맙다고 말하려 했으나 어떤 말도 나오지 않았다. 두 사람은 오랫동안 그냥 앉아 있었다. 밀로는 울지 않는 척할 수 있도록 계속 용을 내려다보고 있었다. 오웬 역시 용을 바라보면서 조용히 밀로 옆에 앉아 있었다. 괜찮으냐고, 휴지가 필요하냐고, 잠시 혼자 있고 싶으냐고 묻지 않고, 그저 밀로와 함께해 주었다.

마침내 밀로는 소매로 눈을 닦고 고개를 끄덕였다. 한 번 딸꾹질을 했다.

"고맙습니다."

밀로는 속삭였다.

오웬이 한 번 고개를 끄덕이며 말했다.

"안녕, 작은 용아."

그리고 자리에서 일어나 거실을 떠났다.

마침내 얼굴 겉으로 밀려 나오는 것이 없다고 느껴지자 고개를 들 수 있을 것 같았다. 밀로는 깊은 숨을 들이쉬고 다시 눈을 닦았다. 엄마가 안으로 들어와 소파 위의 담요를 똑바로 정리하는 척했다. 엄마는 무심한 척, 흘낏 밀로를 바라보며 눈썹을 올렸다. '괜찮아?'라는 뜻이었다.

밀로는 고개를 끄덕이며 미소 지었다.

그때 계단을 질주하며 내려오는 소리가 들렸다.

"도대체 이곳 사람들 왜 이러는 겁니까?"

고워바인 박사가 고함을 질렀다.

"오, 맙소사."

파인 부인이 중얼거렸다.

"가자. 일이 터진 것 같아."

밀로가 상아 용을 주머니에 넣으며 속삭였다.

"뭐가 잘못되었습니까, 고워바인 박사님?"

파인 부인이 거실에서 급히 나가며 말했다. 목소리에는 오직 지친 기색뿐이었다. 밀로도 엄마를 뒤따랐다.

"뭐가 잘못되었냐고요? 도둑을 맞았습니다!"

고워바인 박사가 고래고래 소리를 질렀다.

파인 씨가 집 뒤쪽 기둥에 신호기를 올리고 누군가 응답할 경우를 대비해 얼어붙은 종을 녹여 놓고 막 들어왔다. 파인 씨는 바람에 달아오른 얼굴에 손을 대며 말했다.

"농담이시겠지요. 그런 일은 있을 수 없습니다."

"농담이라고요?!"

고워바인 박사는 발작적으로 흥분하기 시작했다.

"자, 자, 남편이 그런 뜻으로 한 말은 아니에요."

파인 부인이 박사의 팔을 잡았다.

"함께 올라가서 살펴보아요."

고워바인 박사는 툴툴거리며 파인 부인을 따라 다시 위층으로 올라갔다. 메디가 급히 밀로를 덮치며 팔을 움켜잡았다.

"가자, 네그렛."

네그렛은 다시 소파로 달려가 에스칼라되르 신발을 신었다. 그리고 파인 부인과 고워바인 박사가 듣지 못하게 이야기를 나눌 수 있도록 천천히 첫 번째 계단을 올라갔다.

"모든 게 뒤죽박죽이네. 저 사람이라고 확신했는데."

시린이 중얼거렸다.

"나도 그랬어."

네그렛이 말했다.

"나는 가방과 공책을 박사가 몰래 찾고 있는 견본의 단서로 여기고 있을 줄 알았어. 가방과 공책은 모두 이 집과 관련이 있으니까. 시계는 이해하지 못했지만."

"미끼였을지도 몰라. 우리를 따돌리고 자기가 진짜 쫓는 것을 눈치채지 못하도록 시계를 훔친 거지."

2층 층계참에서 계단 모퉁이를 돌며 시린이 말했다.

"그런데 지금은 박사도 도둑을 맞았으니 혐의에서 빠져나간 셈이지. 만약… 그래! 만약 또 다른 미끼가 아니라면. 이렇게 되면 누가 박사를 의심하겠어?"

"오, 괜찮은걸, 네그렛."

둘은 3층에 이르렀다. 파인 부인이 함께 방을 살펴보는 데도 고워바인 박사는 그다지 진정되는 것 같지 않았다.

"마지막으로 본 것이 언제였나요?"

파인 부인이 초인적으로 차분하게 물었다.

"마지막이 언제인지는 모릅니다. 다른 사람들이 도둑을 맞았을

때 확인했던 건 기억합니다. 그때는 무사했습니다. 하지만 그 이후로
는…."

"가방은 어떻게 생겼나요?"

고워바인 박사가 숨을 내쉬는 소리가 어찌나 격렬하던지 복도를
걸어 나가는 내내 들렸다.

"커다란 서류 가방입니다. 갈색 가죽에 빨간색 박음질이 되어 있고
내 이니셜이 새겨진 황동 장식이 붙어 있습니다. 안감은 격자무늬 새
틴인데, 대체로 붉은색입니다."

"꽤나 자세하네. 그냥 '갈색 서류 가방'이면 충분하지 않나?"

시린이 중얼거렸다.

"쉿."

"그 안에 무엇이 들었는지 말씀해 주실 수 있나요?"

밀로 엄마가 물었다.

"그 빌어먹을 이야기!"

고워바인 박사가 폭발했다.

"그 이야기는 하면 안 된다는 걸 알고 있었는데! 하지만 그 심술
궂은 여자가 그 여자의 기분을 풀어 주기 위해 이야기를 하라고 설
득하는 바람에… 어리석은 남자 문제 때문에… 내가 생각할 수 있었
던 건 그 이야기뿐이었으니… 입 닫고 있어야 하는 걸 알고 있었는
데…."

"고워바인 박사님, 서류 가방 안에 무엇이 있었나요?"

파인 부인이 엄마들만 보일 수 있는 인내심을 발휘하며 말했다.

잠시 침묵이 있었다. 그다음 고워바인 박사가 차분하게 말했다.

"내 연구입니다. 전부가요. 로웰 스켈란센에 대해 갖고 있는 모든 자료입니다. 전부가 그 가방 안에 있습니다."

방 안의 대화는 가방을 찾는 데 집중하면서 차츰 잦아들었다. 네그렛은 계단 쪽을 향해 고개를 까딱했고, 네그렛과 시린은 발끝으로 2층으로 내려갔다. 침실에 가서 네그렛은 베개 밑에 둔 스프링 노트를 꺼내 고워바인 박사 페이지를 열고 '아침 식사 후 G. 박사의 스테인드글라스 남자에 대한 자료가 모두 들어 있는 갈색 가방 분실'이라고 썼다.

"스켈란센이던가?"

"중요한 거 아냐."

시린은 팔짱을 끼고 창문에 몸을 기댔다.

"누가 가져갔든, 박사가 거짓말을 하든 상관없이 서류 가방은 이제 그 방에 없을 거야. 박사는 네 부모님이 함께 방을 찾아볼 것을 알고 있었어. 어제도 그렇게 했으니까. 그리고 커다란 가방이라고 했어. 그만한 크기의 물건을 어디에 숨길 수 있을까?"

네그렛은 지난밤 들었던 소음을 생각했다. 문손잡이를 돌리는 소리와 소리 사이에 누군가 소리 없이 돌아다닌 것에 단서가 있다고 해도, 도둑이 가방을 어디에 숨겼는지 알아차릴 만한 패턴이 있다고 해도 네그렛에게는 보이지 않았다.

"게다가, 옮겨 놓았을 수도 있어. 아침 내내 숨길 시간은 충분했어."

네그렛은 중얼거렸다.

문을 세 번 빠르게 톡톡톡 두드리는 소리가 났다. 네그렛은 공책을 덮고 황급히 다시 베개 밑으로 밀어 넣었다.

"들어오세요."

문이 열리고 조지 모셀이 안을 들여다보았다.

"방해해서 미안. 네가 여기 있을 거라고 아빠가 그러시더라. 잠깐 이야기할 수 있니?"

"네. 물론이죠."

네그렛은 침대에서 내려와 조지가 있는 복도로 나갔다.

조지는 한결 좋아 보였고, 파란색 아이싱을 입힌 케이크 접시를 들고 있었다.

"네가 오늘 한 일에 감사하다고 말하고 싶었어."

조지는 접시를 들고 있지 않은 손으로 파란 눈송이 무늬 포장지로 싼 얇은 직사각형 꾸러미를 내밀었다.

"선물이에요? 제게요?"

"네게 줄 선물이야."

조지가 네그렛을 향해 꾸러미를 흔들었다.

"넌 히어워드 부인에게 선물을 주었고, 내게도 주었지. 그 열쇠를 오웬에게 주었으니 클렘에게도 준 셈이야. 별건 아니지만 이걸 네게 주고 싶어."

"고맙습니다."

네그렛은 꾸러미를 받았다.

"지금 열어 볼까요, 아니면 내일까지 둘까요?"

"지금. 난 내일은 이곳에 없을 계획이야. 안에 있는 게 찢어지지 않도록 조심해서 열어 봐."

밀로는 종이를 찢지 않도록 조심조심 포장을 벗겼다. 안에는… 또 종이가 있었다. 부서지기 쉬운, 질감이 느껴지는 초록색 종이였다. 밀로는 당장 알아보았다.

"해도다!"

네그렛은 조지를 쳐다보았다.

"조지일 줄 알았어요! 조지가 저보고 찾으라고 둔 거죠?"

"좋은 실험이 될 거라고 생각했어."

조지가 대답했다.

"당연히 다른 사람들이 나타나기 전에 했던 생각이었어. 충동적이었던 것 같아. 처음부터 끝까지 다 계획해 두었던 건 아니야. 맞아, 내가 지도를 다시 가져갔어. 몰래 네 방에 들어간 건 미안해. 하지만 클렘이 갑자기 나타나서… 아무튼. 네가 간직하고 싶어 할 것 같았어. 내가 미끼로 남겨 둔 작은 가죽 지갑도 가져도 좋아."

"너무 좋아요!"

네그렛은 조심스레 지도를 펼쳤다.

"저, 그런데… 앗!"

종이가 또 한 장 있었다. 더 두꺼운, 거의 판지 두께의 종이가 접었던 지도 안에서 미끄러져 나오며 바닥으로 팔락팔락 떨어졌다. 네그렛과 조지는 둘 다 손을 내밀어 잡으려고 하다가 머리를 부딪칠 뻔했다.

조지가 먼저 손에 넣었다.

"먼저 이야기했어야 했는데. 자, 받아."

황백색과 회색 색조의 사진이었다. 흐릿하고 얼룩지고 입자가 거칠었으며, 다소 둥근 형태가 보였고, 구석 부분은 어두웠다. 색깔이 없지만 네그렛은 무엇인지 알아보았다.

"4층 창문이네요!"

"빙고. 어제 시가 박스 카메라로 찍은 사진이야."

"그런데 그게 오웬이나 랜스디가운하고 무슨 관계가 있어요?"

조지가 어깨를 으쓱했다.

"난 클렘이 내가 실제 찾는 장소가 아닌, 다른 곳에서 단서를 찾고 있다고 착각하게 해야 했어. 카메라는 이른바 관심을 딴 데로 돌리는 가짜 단서였지. 카메라는 아무 관계가 없단다. 하지만 첫 시도로서는 꽤 괜찮은 결과였지?"

"정말 그래요. 고맙습니다, 조지. 진짜 굉장한 선물이에요."

"기쁘구나."

조지는 돌아서서 가다가 걸음을 멈추고 다시 돌아왔다.

"아참, 방금 무슨 질문을 하려고 하지 않았니?"

"아, 네. 그 지도 말인데요, 아시는 게 있으세요?"

조지는 고개를 저었다.

"이 지역에서 내가 찾을 수 있는 물길은 모두 대조해 보았지만 알아낸 건 없단다. 이 종이는 오래된 거야. 그건 분명해. 내 짐작으로는 히어워드 부인이 말했던, 원래 가족이 살던 시대로 거슬러 올라가는 것 같아. 한 가지만 빼고."

조지는 사진 구석에 있는 하얀 곡선 표시들이 모여 있는 곳을 톡톡 두드렸다.

"이 물감은 더 새것 같아. 얼마나 새것인지는 모르지만, 아무튼 훨씬 새거야. 나침도도 그런 것 같아."

네그렛은 북쪽을 향한 새 모양의 나침도와 하얀 물감의 곡선들을 응시했다.

"어떻게 아세요?"

"난 도둑이야, 밀로. 너도 알지?"

조지가 눈썹을 조금 치켜올리며 말했다.

"예에. 그래서요…?"

네그렛은 느린 어조로 대답했다.

"넌 놀랄지도 모르겠다만, 난 많은 것의 전문가란다. 그런 전문성은 나의… 직업에 매우 중요해. 위조도 그 가운데 하나야. 훌륭한 위조를 하는 데 가장 중요한 건 나머지와 구분되지 않도록 확실히 처리하는 거야. 내가 알기로 이 종이는 이백 년은 된 것인데, 적어도 배와 갈매기는 훨씬 뒤에 칠해진 거야. 내 눈에는 잘 보여."

"배라고요?"

"응. 거기 하얀 것들. 위에서 보면 서둘러 달리는 배를 의미하는 게 꽤 확실해. 하지만 내가 틀렸을 수도 있어."

랜턴의 불꽃 상징이 그랬던 것처럼, 이제 조지의 말을 듣고 나니 네그렛에게는 하얀 곡선들이 돛 모양으로 보였다.

"아뇨, 그 말이 맞는 것 같아요. 그런데 이 지도와 랜스디가운이란 이름을 이어 주는 건 뭘까요?"

"내가 이 지도를 발견한 것은 앞면에 '랜스디가운 하우스'라는 스탬프가 찍힌 봉투 속이었어. 그냥 집 이름뿐이었어. 주소는 없고. 그걸 알아낸 건… 이건 또 다른 이야기야. 난 줄곧 그 멍청한 워터마크만 따라다닐 수도 있었지."

조지는 유감스럽다는 듯이 고개를 저었다.

"아무튼 네게 숱한 의문만 남겨 주는구나."

조지는 가볍게 경례를 했다.

"즐거운 시간이 되기를, 밀로. 그리고 고맙다."

"천만에요. 그리고 조지, 아마 아이싱을 너무 많이 먹으면 안 될 거예요."

조지는 접시를 내려다보았다.

"그래. 히어워드 부인도 똑같은 말을 하더라. 잉크와 무슨 관련이 있는 모양인데, 무슨 말인지 모르겠어."

네그렛이 문을 닫자 시린은 꽤나 방방 뛰며 말했다.

"말해 줘, 말해 줘, 말해 줘!"

네그렛은 말없이 해도와 사진을 건네주었고, 시린이 전혀 스콜리아스트답지 않게 기뻐하며 꽥 소리를 지르는 바람에 움찔 놀랐다. 바로 그때 여러 번 문을 두드리는 소리가 들렸다.

"맙소사, 이번엔 뭐지?"

네그렛은 방을 가로질러 가서 방문을 열었다. 이번엔 클렘이었다.

"나야, 밀로."

클렘이 똑같은 파란색 눈송이 종이로 포장된 작은 원통을 내밀었다.

"네게 주는 선물이야."

"정말요?"

십 분도 채 안 되는 시간에 선물을 두 개나 받다니! 그것도 알고 지낸 지 이틀밖에 안 된 사람들에게! 굉장했다.

"정말이야."

처음으로 클렘의 표정이 매우 진지했다.

"고맙습니다."

"어… 어, 천만에. 열어 보렴!"

평소의 밀로 같으면 선물을 열어 보는 데 두 번씩이나 권할 필요가 없었지만, 네그렛인 지금은 조금 망설였다.

"클렘, 조지가 그러는데 클렘이 그린글라스 하우스에 온 이유는 이 워터마크가 있는 종이를 보고 조지가 이곳에 온다는 것을 알아차렸기 때문이라면서요. 클렘은 워터마크를 따라왔는데, 그게 철문 그림이었다고요."

클렘이 고개를 끄덕였다.

"맞아. 그랬어."

"그 철문이 이 집과 관계가 있다는 걸 어떻게 아셨어요?"

"아."

클렘은 호주머니에 손을 넣었다.

"난 믿을 수 없이 운이 좋았단다. 한 골동품 상점에서 철문을 발견했거든."

"진짜 철문을 발견했어요?"

"진짜 철문이었어. 문 한쪽이었지만, 아무튼 진짜였어."

"혹시… 훔치셨어요?"

클렘이 웃었다.

"그건 꽤 무거웠어, 밀로. 난 훔치지 않았어. 사실 그곳에 간 이유는… 음, 뭔가 다른 것 때문이었어. 뭔가 다른 것을 찾아서."

클렘이 날카롭게 덧붙였다.

"하지만 당장 그것을 알아보았지. 그리고 운 좋게, 하버스와 샌티타운의 잘 속이는 골동품 상점들과는 달리, 제대로 된 상점들에선 그들이 파는 물건들의 출처를 알고 있다고 했어."

"출처요?"

"어떤 사물의 기원. 어디서 왔는지, 전에 누구의 것이었는지, 하는. 상점 주인에 따르면 그 철문은 이곳 토지에서 왔대. 내 짐작으로는 우리가 언덕을 올라왔던 길이 언제나 주로 다니던 길은 아니었던 것 같아. 집이 처음 지어졌을 때는 다른 길이 있었어. 능선을 따라 훨씬 동쪽에. 그곳에 빈터가 있는데, 꼭대기에 철문이 있었어."

세상에, 지금 월포버 월윈드가 달리고 있는 길 말고 대체 어느 길로 강으로 내려갈 수 있었을까? 나머지 능선은 가파르고 바위투성이어서 위험했을 뿐만 아니라 온통 나무와 덤불로 덮여 있었다.

"대체 어디로…, 아."

강으로 내려가는 다른 길은 없었다. 하지만 숲속에 트인 곳이 하나 있었다.

"그게 어디였을지 알고 있구나?"

클렘이 물었다.

"빈터가 있는 곳은 알아요. 하지만 거기서 내려가는 길은 없어요. 그곳은 지금 정원이에요. 그곳 생각을 하지 못한 이유는, 가파르기도 하지만 정말 절벽이기 때문이에요. 우린 담장을 쳐 놓아야 했어요. 엄마는 늘 언젠가는 담장조차 넘어갈 것 같다고 걱정하세요."

클렘이 고개를 끄덕였다.

"뭐, 이백 년이 지나면 많은 것이 변할 수 있으니까. 강도, 산도…. 어쩌면 비탈의 일부분이 무너졌을지도 모르지. 아마 그곳일 거야. 잘 모르겠어. 내가 아는 것이라고는, 상점 주인이 했던 말뿐이야. 상점 주인 말로는 이곳 부지의 원래 입구가 철문이었대. 철문은 숲속 빈터에 서 있고, 해가 질 때는 쇠창살 사이로 햇빛이 비치면서 또 하나의 스테인드글라스처럼 보였대. 난 워터마크를 보고 그것이 똑같은 철문임을 알아보았어."

클렘은 어깨를 으쓱했다.

"그렇게 해서 난 이곳에 오게 되었단다. 자, 이제 선물을 열어 보렴! 아, 뭐야? 내가 네 나이 때 선물을 받으면 십 초도 못 견뎠는데."

네그렛은 싱긋 웃으며 소포에 관심을 돌렸다. 포장지를 벗겨 내자 끈을 매듭지어 묶은 원통 모양으로 말려 있는 가죽이 나왔다.

"이게 뭐예요?"

"맙소사, 어서 열어 봐! 기대가 되어 죽겠다."

클렘이 불쑥 말했다. 다시 진지함이라고는 자취도 없이 사라졌다.

네그렛은 끈의 매듭을 풀고 손바닥에서 가죽을 펼쳤다. 안에는 작은 금속 막대기들이 있었다. 각각 한쪽 끝에 손잡이가 달려 있고 가운데는 길고 가늘었다. 네그렛이 각각의 포켓에서 몇 개를 꺼내 보니 다른 쪽 끝은 각기 다른 모양을 하고 있었다. 하나는 갈고리 모양이었고, 또 하나는 열쇠 같은 돌기가 있었으며, 또 하나는 삼각형 모양이었다.

"뭔지 아직 모르겠어요."

"그건, 자물쇠를 따는 만능열쇠 키트야."

클렘이 극적인 말투로 말했다.

네그렛은 눈을 깜박이며 손 안의 물건을 응시했다.

"만능열쇠 키트요?"

클렘이 어깨를 으쓱했다.

"오웬에게 네 열쇠를 주었으니, 잠긴 문을 열 뭔가가 필요할 거라고 생각했어. 게다가 블랙잭이라면 만능열쇠 키트가 필요하지. 그건 그냥 기본 준비물이야."

"하지만, 클렘은… 제 말은… 다시 필요하지 않아요?"

네그렛은 상을 찌푸리며 물었다. 클렘이 태평하게 손을 흔들었다.

"걱정 마세요, 어린 제자님. 난 무지 많답니다."

진짜 만능열쇠 키트라니, 짓궂었다.

"고맙습니다, 클렘."

네그렛은 열쇠 키트를 다시 말아 잠옷 주머니에 넣었다.

"음… 이것들을 어떻게 사용하는지 보여 줄 수 있어요?"

클렘이 손을 들었다.

"첫째, 그것들은 픽이라고 불러. 두 개의 렌치를 제외하면. 그 두 개는 토션 렌치라고 해. 그리고 둘째… 아무튼 그래."

클렘이 윙크를 하고, 여느 때처럼 소리 없이 걸어 사라졌다.

제 11 장

함정

"**도**둑이 이번에는 다락이나 빈방들을 피한 것 같지 않아?"

네그렛은 클렘이 알려 준 철문에 대한 정보를 되풀이해서 쓴 뒤, 가죽 포켓에서 픽과 렌치를 꺼내 시린과 십 분 정도 시험해 보고 기능을 추측해 보았다. 시린이 물었다.

"우리가 물건을 숨긴 장소를 발견할 수도 있을 테니까 말이지?"

"아마도. 만약 나라면, 더 좋은 장소를 찾으려고 했을 거야. 특히 서류 가방은 더 크잖아. 그건 숨기기가 더 어렵지."

네그렛은 이미 속으로 숨길 만한 곳들을 짚어 보았다. 지하실… 아니면 바깥에 덮개로 덮어 둔 장작더미….

"하지만 확인해 보는 게 더 나을 것 같아. 방도 살펴봐야 해. 정찰을 하려면 제대로 해야지 않겠어?"

시린이 말했다.

"네 말이 옳아."

네그렛은 스프링 노트와 만능열쇠 키트를 배낭에 넣고 조지의 지도와 사진을 호주머니에 넣었다.

"그럼 빈방들부터 시작하자."

지금은 어제와는 다른 방들이 비어 있었다. 지난밤 클렘이 4층 방으로 바꿔 달라고 요청했기 때문이다. 오웬과 복도를 사이에 둔 맞은편 방이었다. 그러자 조지는 지체하지 않고 5층의 빈방으로 옮겨 갔다. 그리고 아침 식사를 한 뒤, 거실에서 잠을 잤던 브랜든과 펜스터도 5층에 방을 잡았다. 이렇게 사람들이 이리저리 움직였기 때문에, 몇 분에 걸쳐 각 층의 평면도에 누가 머물고 있는지 다시 그려야 했다. 남은 방은 네 개였다. 확인해야 할 빈방은 3층에 하나, 4층에 두 개, 5층에 한 개였다.

둘은 5층에서 시작했다. 유리 위에 영원히 존재하는 철문 위로 별 모양의 불꽃들을 터뜨리고 있는 창문에서 금빛과 초록빛이 쏟아져 내렸다.

"있잖아, 만약 창문들이 다른 장소에 있다가 이곳으로 옮겨 왔다는 고워바인 박사의 말이 맞다면, 철문도 이 창문들이 있던 곳에서 왔을 거야. 그 점이 중요하다면, 아마도 창문들이 있던 집과 이곳이 어떤 관계가 있기 때문일 것 같은데."

시린이 의견을 말했다.

"아마도."

네그렛이 동의했다.

"하지만 난 여전히 정원에 한번 가 보고 싶어."

시린이 어깨를 으쓱했다.

"눈으로 덮여 있을걸. 아무것도 안 보일 거야."

"좋아. 그렇다고 안 보고 싶은 건 아니야. 네가 말했듯이 정찰을 하려면 제대로 해야지, 안 그래?"

"그건 그래."

시린이 툴툴거리며 몸을 돌려 복도를 내려다보았다.

"하지만 거기서 무엇을 얻을 수 있을지 모르겠어. 추위에 떨고 눈에 젖는 것 말고 말이야."

열린 문으로 판단하건대, 브랜든과 펜스터는 계단에서 가장 가까운 방 두 개를 골랐을 것이다. 네그렛은 시린과 복도를 내려가는 김에 다시 한 번, 모든 것을 주의 깊게 살펴보려고 노력했다. 같은 벽지, 같은 카펫, 같은 벽등, 같은 천장. 복도 끝에는 역시 페인트칠로 막아 놓은 작은 승강기가 있었다. 그 아래에는 사각형 탁자가 있었고, 탁자 위에는 빨간색 포인세티아가 있었다.

클렘이 머물던 방은 복도 끝 5W호였다. 역시 다른 방들과 똑같이 생겼다. 침대, 서랍장, 탁자, 의자, 짐받이 선반, 욕실. 클렘은 방을 떠나기 전 린넨 천 시트를 잘 펴 놓았지만, 침대를 새로 정리하기 위해 누군가 방에 들어온 것 같지는 않았다. 그곳에서는 아무런 흥미로운 점도 발견할 수 없었다.

4층에는 계단에서 가까운 방문 두 개가 닫혀 있었으므로 네그렛과 시린은 복도 끝으로 가서 조지가 비워 둔 방부터 살펴보기 시작했다. 조지는 침대를 정돈하지 않고 떠났지만 클렘의 방만큼이나 흥미로운 건 없었다. 네그렛은 짐받이 받침대를 방문 반대쪽 제자리로 옮겼는데, 그 아래 놓인 카펫의 벽 쪽 부분이 평평하지 않음을 깨달았다. 아마 엄마가 비뚤어진 모서리를 감추기 위해 받침대를 반대편에 갖다 둔 모양이었다. 그래서 네그렛의 질서의 감각에는 맞지 않지만, 애를 써서 원래 있던 곳으로 갖다 놓았다. 네그렛과 시린은 복도를 건너 마지막 빈방으로 갔다.

네그렛은 다른 방에서 했던 대로 4E호 방문을 닫힐락 말락 할 정도로 잡아당겨 놓았다. 방에서 무엇을 하는지 주의를 끌지 않도록 하는 좋은 생각 같았다. 5층에 있을 때 심하게 코고는 소리를 들은 것 말고는 방을 조사하는 모험을 하는 동안 단 한 사람도 보거나 인기척을 듣지 못했지만 말이다.

둘은 물건을 숨길 만한 곳은 모두 찾아보았다. 아무것도 없었다. 둘이 수색을 막 그만두려고 하는데 문이 닫혔다.

문은 하도 조용히 닫혀서 마침 네그렛이 문 쪽을 바라보고 있지 않았더라면 알아차리지 못했을 것이다. 하지만 문이 닫히는 것을 보았을 뿐만 아니라 가벼운 찰칵 소리와 함께 문손잡이가 돌아가는 것까지 보았다.

"외풍이야?"

시린이 네그렛의 눈길을 따라가며 물었다.

"아…마도?"

하지만 이 오래된 집에서 외풍 때문에 방문이 움직일 때는 보통 그런 식이 아니었다. 그리고 외풍은 절대 문손잡이를 돌리지 않는다.

그때 두 번째로 가볍게 찰칵하는 소리가 났다. 네그렛은 벌떡 일어나 손잡이에 손을 뻗었다. 손잡이는 돌아가지 않았다.

"이게 왜… 설마!"

네그렛은 못 믿겠다는 듯이 말하며 문손잡이를 덜컹거렸다.

"잠겼어?"

"잠겼어!"

네그렛은 한 걸음 뒤로 물러나 빤히 쳐다보았다.

"믿을 수 없어."

"밖에서? 안에서는 열 수 없는 거야?"

"열쇠가 있으면 열 수 있어."

네그렛이 참을성 있게 말했다.

"이곳 문들은 안에서든 밖에서든 모두 다 열쇠로 잠가."

"그렇다면…"

시린이 몸을 구부리고 열쇠 구멍에 눈을 대었다.

"그렇다면 그 뜻은…"

"그래."

네그렛은 무겁고 오래된 나무를 발로 찼다.

"누군가 우리를 가둔 거야. 열쇠로. 일부러."

네그렛은 짐받이 받침대 좌석에 털썩 주저앉으며 물었다.

"우리가 놓친 게 뭔지 알아?"

"함정 확인?"

"맞아."

시린이 유심히 네그렛을 살펴보며 말했다.

"너, 꽤 긍정적이구나?"

"그렇게 보일 뿐이야. 난 지금 상황이 전혀 즐겁지 않아."

네그렛은 배낭을 받침대 위에 놓고 클램의 열쇠 키트를 꺼냈다.

"내가 이것들을 쓸 기회가 있을 거라고 생각해 봤어?"

시린이 어깨를 으쓱했다.

"시도하지 않는 게 어리석은 거지."

네그렛은 꾸러미를 풀어 픽들을 살펴보았다.

'어디서부터 시작해야 할까.'

네그렛은 다시 배낭에 손을 넣어, 창문으로 기어들거나 자물쇠를 따기 위해 날렵하고 여우 같은 손가락을 필요로 하는 이들을 위한 와일드손의 멋진 장갑 한 켤레를 찾아내어 손에 끼었다. 그러고는 끝에 열쇠처럼 돌기가 나 있는 픽을 골라 열쇠 구멍에 넣었다.

'이제 어떻게 하지?'

네그렛은 생각했다.

'문라이터의 재주를 발휘해 봐.'

문라이터의 재주는 물건을 훔치는 것뿐만 아니라 자물쇠나 번호로 잠긴 문을 통과하는 데에도 유용할 것이다. 네그렛은 픽을 요리조리 움직여 보았다. 이리저리 찔러 보기도 했다. 열쇠처럼 돌려 보기도 했다. 하지만 아무 성과도 없었다. 네그렛은 두루마리 안에 있는 픽을 하나씩 차례차례 꺼내 이 과정을 반복했다. 마침내 마지막 픽을 제자리에 돌려놓으며 팔짱을 끼고 등을 벽에 기댄 채 털썩 주저앉았다. 네그렛은 투덜댔다.

"나 에스칼라되르 맞아? 진짜 만능열쇠 키트를 갖고 있는데도 문을 열지 못하니….”

시린이 네그렛의 어깨를 토닥였다.

“너무 자책하지 마. 넌 사용법을 모르잖아. 설명서가 들어 있는 것도 아니고.”

시린이 몸을 돌렸다.

“자, 네그렛. 누군가 소리를 들을 때까지 계속해서 문을 두드리는 방법도 있어. 다른 방법이 있을까?”

“다른 방법 같은 건 필요하지 않았으면 좋겠다.”

둘은 함께 문을 쾅쾅 두드리며 목청이 터져라 소리를 질렀다. 길고 긴 몇 분이 지났다. 아무도 오지 않았다.

“믿을 수 없어. 누군가 마스터키를 가져갔나 봐. 손님들 열쇠는 자기들 방에만 쓸 수 있거든.”

네그렛이 잠긴 문을 노려보며 절망했다.

“그럼 어딘가 이 방 열쇠가 또 있다는 거야?”

시린이 물었다.

“응. 2층 서재에. 알아도 별 도움은 안 되지만.”

시린이 네그렛을 날카롭게 바라보며 입을 열었다가 다시 닫았다.

“아냐, 물론 아닐 거야. 하지만 만약….”

시린은 네그렛의 팔을 잡고 문 쪽으로 밀었다.

“자세히 봐, 네그렛.”

“보고 있어.”

“아니, 더 자세히.”

시린이 다시 한 번 밀었다. 힘을 주어 떠밀다가 네그렛의 발을 걸고 말았다. 그 바람에 네그렛은 문에 세게 부딪혔다.

"아야!"

밀로는 시린을 뿌리치며 코를 문질렀다.

"너 왜 그래?"

"미안, 서툴렀네. 그래서 어떻게 여기서 나가지?"

"넌 내가 뭘 자세히 보기를 바랐는데?"

"그냥 자물쇠. 어쨌든 넌 에스칼라되르잖아."

밀로는 시린을 수상쩍다는 눈으로 바라보고는 자물쇠 쪽으로 몸을 돌렸다.

"아무것도 안 보여. 열려면 방 열쇠나 마스터키가 필요할 거야."

그렇다면 도둑은 객실 층만 뒤지고 다닌 것이 아니었다. 도둑은 부모님의 물건을 살펴보며 2층도 살금살금 돌아다닌 것이다.

그거야 그럴 만했다. 대부분의 사람들은 잠을 잘 때 문을 잠근다. 그래서 도둑은 문을 열 방법을 찾아야 했을 거다. 하지만, 가족의 사사로운 공간이 다시 침해당했다는 사실을 알게 되자 미칠 지경이었다. 개인적인 공간에서 뭔가를 훔친 것도 그렇지만, 그 물건을 네그렛 자신에게 맞서는 방법으로 사용하다니. 네그렛은 격분했다. 게다가 놀랍게도, 상처받은 자존심이 따끔거렸다. 이런 일이 생기리라는 것을 미리 알 수 없었다 해도, 블랙잭으로서 한 방 먹었다는 사실이 언짢았다.

"네그렛."

스콜리아스트가 네그렛의 얼굴 정면에서 손을 흔들었다.

"어디 가지 마. 넌 우리가 이 방을 빠져나가도록 해 줘야 해."

"그래, 그래. 알았어."

"비상계단."

네그렛은 방을 가로질러 창문으로 갔다. 창문은 어렵지 않게 열렸다. 몹시 찬바람이 휘파람 소리를 내며 안으로 밀려들면서 눈송이들이 분무처럼 방충망에 쏟아졌다.

"우린 여기서 나가야 해."

열쇠 키트는 원래 의도했던 사용처는 아니었지만 창문에서 방충망을 떼어 내는 데는 완벽했다. 시린은 목을 길게 빼고 밖을 내다봤다가 다시 움츠리고는, 두 손을 벽에 대고 버티며 고개를 세게 저었다.

"이렇게 높은 건 안 좋아해. 전혀."

네그렛이 시린 옆에서 몸을 내밀었다.

"크…."

비상계단으로 가는 건 쉬울 것이다. 너무 쉬워서, 밀로의 부모는 특히 위급한 상황이나 자신들이 보고 있을 때를 제외하면 특별히 금지했다. 집 바깥에 붙어 있는 붉은 금속 계단은 가팔랐다. 난간이 있었지만 곧 부서질 것 같았고 걸을 때마다 흔들렸다. 게다가 표면에는 눈과 얼음이 두껍게 깔려 있었다. 비상계단에서 떨어진다는 것은 2층과 5층 사이에서 떨어진다는 것을 의미했다.

근처 나무들 사이로 바람이 세차게 불어와 더 불길하게 삐걱거리는 소리를 보내왔다.

위급한 상황에만, 이라고 엄마 아빠는 말했다. 하지만 이번이 그런 경우 아닌가?

"정말 미끄러지지 않고 내려갈 수 있을 것 같아?"

시린이 미심쩍은 듯이 물었다.

"잘 모르겠어."

바로 그때 커다란 고드름이 창문 옆 계단으로 떨어지며 산산조각 났다. 그 소리는 두 사람을 움찔 놀라게 하기에 충분히 컸다.

네그렛과 시린은 서로를 날카롭게 바라보았다. 네그렛이 말했다.

"우리 한번…"

"응. 하지만 우리가 안에서 두드리고 외쳐도 듣지 못했는데, 밖에서 두드리는 소리가 들릴까?"

"부엌에 누가 있다면 들릴 거야. 비상계단은 부엌 창문 바로 위에서 끝나니까 소리가 바로 아래로 전달될 거야. 쇠막대 같은 것이 필요해."

네그렛은 잠시 생각하다가 손가락을 튕겼다.

"알았다."

네그렛은 문 쪽으로 달려가 짐받이 받침대를 접어 어정쩡하게 들고 시린에게 돌아왔다. 둘은 함께 받침대를 창문 밖으로 조심조심 내밀었다. 받침대는 넓고 비상계단은 좁아서, 받침대 한쪽 끝을 문틀에 두고 반대쪽 끝은 얼음으로 덮인 난간을 두들길 수 있었다.

기막힌 소리가 났다.

'딩 딩 딩 딩 딩!'

음이 맞지 않는 교회 종소리 같았다.

'딩 딩 딩 딩 딩,' '딩 딩 딩 딩 딩!'

일 분이 지났다. 이 분이 지났다. 그리고 오 분이 지났다.

'딩 딩 딩 딩 딩!'

마침내, 집 옆쪽을 돌아 누군가 달려왔다. 밀로의 아빠였다. 아빠는 완전히 어리둥절한 듯 보였다.

"오, 감사합니다."

네그렛은 한 번 더 짐받이 받침대로 딩 소리를 울린 다음 모서리에 몸을 구부리고 손을 흔들었다.

파인 씨가 올려다보았다.

"밀로? 대체 뭐 하는 거냐?"

"갇혔어요!"

밀로가 소리쳐 대답했다.

"비상계단이 얼음으로 덮여서 내려갈 수 없었어요. 오셔서 문 좀 열어 주세요!"

못 믿겠다는 기색이 파인 씨의 얼굴에 잠깐 스쳤다. 그리고 다시 집 옆을 돌아 사라졌다.

오래지 않아 자물쇠를 여는 열쇠 소리가 났다.

"세상에 이게 무슨 일이냐?"

밀로 아빠는 문을 열며 물었다.

"누가 우리를 일부러 가두었어요."

네그렛은 아빠 옆을 비집고 복도로 가서 둘러보았다.

"서류 가방을 찾으러 처음에는 5층에 갔다가 이곳에 온 거예요… 그런데 누가 문을 잠갔어요."

"잠깐. 혼란스럽구나…."

네그렛은 아빠의 말을 무시하고 조지가 머물던 방으로 고개를 들이밀었다.

"도둑이 숨기고 싶어 하는 것에 가까워진 게 분명해요."

"하지만 우린 이곳을 찾아보았잖아. 철저하게."

시린이 네그렛 주위를 다시 한 번 둘러보며 반박했다.

파인 씨가 머리를 긁적였다.

"그래?"

하지만 방은 전혀 달라진 것이 없어 보였다. 만약 둘이 갇혀 있을 때 도둑이 뭔가를 옮겼다면 두 사람은 아까 뭔가를 놓쳤다는 뜻이었다. 하지만 무엇을 놓쳤을까?

"밀로, 뭐라 해야 할지, 참 어이가 없다."

파인 씨가 말했다.

네그렛은 대답을 하려고 입을 열었다가 멈췄다. 짐받이 받침대로 감추는 거라고 생각했던 카펫의 작은 주름이 지금은 사라지고 없었다. 카펫은 매끈하게 벽을 향해 놓여 있었다.

네그렛은 받침대를 옆으로 밀고 다시 한 번 가방에서 열쇠 키트를 꺼내 픽 하나를 골랐다. 카펫과 벽 사이 모서리에 픽을 집어넣고 살짝 비집어 들어 올리자 손가락이 들어갈 만한 공간이 생겼다.

"밀로, 뭐하는 짓이…, 왜 카펫을 끌어올리고 그래?"

"벌써 이렇게 되어 있었어요, 아빠."

밀로가 말했다.

"아까는 카펫이 울퉁불퉁했는데 지금은 안 그래요. 누군가 평평하게 펴 놓은 거예요. 틀림없이 그래서 우리를 가둬 놓았어요. 우리가 뭔가를 발견하지 않았는지 확인해 보고, 우리가 또 한 번 살펴보러 올 걸 대비해서 이 자리가 눈에 띄지 않도록 확실히 해 둔 거죠."

"넌 계속…."

파인 씨는 고개를 저으며 물어보려다가 그만두었다.

"밀로, 작은 못 같은 게 있을 수도 있으니 조심해라, 응?"

네그렛은 경고를 들었지만 한 귀로 흘렸다. 손가락이 카펫도 아니고 마룻바닥도 아닌 뭔가를 막 찾아냈기 때문이다. 접혀 있는 묵직한 종이였다.

네그렛은 그것을 조심스레 빼냈다. 철문 워터마크가 있는 녹색 종이일거라고 생각했지만, 아니었다. 그것은 두꺼운 크림색 종이였다. 공문서 종이처럼 보였다. 이런 종이는 중요한 편지를 타자기로 쳐서 보낼 때 썼다.

종이를 펼치자 가장 먼저 보인 것은 페이지 맨 위에 파란색으로 인쇄된 낵스피크시의 도장이었다. 그런 다음 공문서처럼 보이는, 타자기로 친 단어들이 보였다.

이 증서의 소유자는 낵스피크 독립시 세관 부서의 직무 대행자임을 도시 전역과 그 너머까지 알리고 확인하는 바이며….

시린이 헉 하고 숨을 쉬었다.

"오, 이런."

파인 씨는 쪼그리고 앉아 네그렛의 어깨 너머로 보더니 종이를 가져갔다. 파인 씨는 끝까지 읽고 뒤집었다가 도로 바로 잡고 다시 읽었다.

"오, 세상에."

"무슨 뜻이에요, 아빠?"

"누군가는 자신의 정체에 대해 거짓말을 했고, 또 펜스터는 자신의 정체를 절대로 밝혀서는 안 된다는 뜻이야."

파인 씨는 편지를 접어 자신의 주머니에 넣었다.

"여긴 조지의 방이었지? 난 조지가 관세사라고는 전혀 짐작도 못 했다."

파인 씨는 창밖의 소용돌이치는 눈을 바라보았다.

"왜 조지는 신호를 보내 달라고 부탁했는지 모르겠다. 누가 올 것 같지는 않은데. 이 일에 대해 아무것도 모르는 척 잠자코 있을 수 있지? 난 네 엄마와 이야기를 좀 해야겠다."

"네, 아빠."

조지 모셀, 최고의 도둑과 관세사? 동시에 그 둘이 가능할까? 가능하다면… 조지가 네그렛과 시린을 가뒀다는 걸까? 또한 다른 손님들의 물건을 훔친 인물인 걸까? 어느 것도 조지가 한 것 같지 않았다.

"전 조지가 떠나고 싶어 한 것은 진심이라고 생각해요. 게다가 방을 옮길 때 종이를 남겨 두고 간다는 것은 이상하지 않아요?"

"아마 물건을 갖고 있는 것을 들키고 싶지 않았을지도 모르지. 누가 찾으러 온다면 말이다."

파인 씨가 말했다.

"누가 찾으러 올까요?"

"이 사람들 가운데? 안 그럴 사람이 있을까?"

시린이 톡 쏘았다.

"모르겠구나, 밀로. 난 이 일을 조심스럽게 다루어야 해. 넌 더 이상 곤란한 일 만들지 말고 평소처럼 행동하도록 노력해야 한다, 알았지?"

파인 씨는 세부적인 일에는 관심 없는 듯 보였다. 네그렛은 이해할 수 있었다. 관세사는 밀수업자의 큰 적이었다. 집에 관세사가 있는 것을 알게 된 지금, 첫 번째 걱정거리는 펜스터가 체포될지도 모른다는 것이었다. 두 번째 걱정은 어떤 식으로든 파인 가족이 곤란에 처할지도 모른다는 것이었다. 어쨌든 펜스터가 단골이라는 말을 했기 때문이다.

"알았어요."

네그렛과 시린은 파인 씨가 서둘러 복도를 걸어가는 모습을 지켜보았다.

"넌 조지라고 생각 안 하는 거지?"

시린이 물었다.

"응. 누군지는 잘 모르겠어."

네그렛은 싱긋 웃었다.

"하지만 고워바인 박사의 가방이 어디 있는지는 알 것 같아. 가자."

네그렛과 시린이 서재로 들어갔을 때 2층은 여전히 비어 있었지만, 엄마 아빠가 곧 오리라는 생각이 들었다. 또한 엄마 아빠는 세관 서류에 대해 이야기할 때 아들을 불안하게 만들고 싶지 않기 때문

에 네그렛이 방에서 나가 있기를 바랄 거라고 생각했다. 그것은 고워 바인의 서류 가방을 찾는 데 몇 분밖에 시간이 남지 않았음을 의미했다.

시린이 주위를 둘러보았다.

"왜 여기 온 거야?"

네그렛이 어깨를 으쓱했다.

"말 되잖아. 손님들이 이렇게 많으니 엄마 아빠는 여기서 쉴 틈이 없어. 할 일이 너무 많으니까. 아무나 눈에 띄지 않고 드나들기 쉽지. 넌 찾아봐. 난 열쇠에 대한 내 생각이 맞는지 확인하고 싶어."

엄마 아빠의 여관 물건들은 늘 전면이 유리로 된 책장 아래 수납장 선반에 놓여 있었다. 모든 게 다 제자리에 있는 것처럼 보였다. 현금 보관함, 거래 내역 원장이 있었고, 열쇠를 걸어 두는 작은 나무 못걸이가 있었다. 나무 못걸이는 네 개씩 세 줄로 작은 고리가 박혀 있었고, 고리마다 하나씩 객실 열쇠를 걸어 두었다. 물론 지금은 네 개의 열쇠만 걸려 있었다.

고리 아래 별도의 마스터키를 놓아두는 철망 선반이 있었다. 마스터키는 두 개가 있어야 했다. 가장 가까이 있는 자물쇠장이가 저 아래 하버스에 있었기 때문에 파인 씨 부부는 여분을 넉넉히 갖고 있었다. 하지만 지금은 단 한 개뿐이었다.

"열쇠 하나가 없어졌어."

네그렛이 알렸다.

"만약의 경우를 위해 이걸 우리가 갖고 있어야 할 것 같아."

네그렛은 배낭에 마스터키를 집어넣었다.

"아무튼 저 열쇠 키트의 사용법을 알아낼 때까진."

"여기서 도둑이 가져갈 만한 게 또 있어?"

시린이 물었다.

"글쎄, 현금 보관함에는 현금이 많지 않아."

그래도 확실히 하려고 네그렛은 보관함 안을 들여다보았다. 적은 액수의 지폐 몇 장과 약간의 잔돈이 있었는데, 늘 들어 있던 그대로였다.

거래 내역 원장에는 거의 모든 손님의 이름과 방문 일자가 적혀 있었는데, 관세사라면 관심을 가질 만했다. 네그렛은 수납장에서 원장을 꺼내 획 펼쳤다. 낯익은 이름들이 죽 적혀 있었다. 낯익지만, 거의 대부분 가짜 이름이었다. 예를 들어 펜스터 플럼은 보통 플럼 더프 콜린스로 서명을 했다. 심지어 그린글라스 하우스의 안전에도 밀수업자들은 신중했다. 만약 관세사(네그렛은 여전히 조지라고 믿을 수 없었다)가 거래 원장을 뒤졌다고 해도 다수의 가짜 이름 말고는 많은 것을 얻지 못했을 거다.

네그렛은 원장을 있던 자리에 돌려놓고 수납장을 닫았다.

"좋아. 찾는 걸 좀 도와줘."

"그럴 필요 없어."

시린이 얼굴을 창문 쪽으로 향하고 서서 손가락으로 가리켰다.

"저기 봐."

처음에는 시린이 무엇을 말하는지 보지 못했다. 어정쩡하게 얼굴을 조금 더 유리에 누르고 시린이 가리키는 손가락 방향을 따라가 보자, 갓 내린 눈으로 반쯤 덮인 갈색 물체가 비상계단에 놓여 있는 것이 보였다.

"내가 생각하는 거 맞지?"

"틀림없어."

시린이 자물쇠에 손을 뻗었고, 두 사람은 함께 창문을 밀어 열었다. 네그렛은 반쯤 기어올라 간신히 물체를 손에 넣었다. 그러고는 젖은 눈을 털어 내고 손가락으로 손잡이를 더듬어 서재 안으로 끌어들였다. 비록 젖은 얼룩 때문에 매끈한 흙색은 아니었지만, 분명히 서류 가방이었다. 빨간색 스티치가 있었고 황동 장식이 빛났다. 고위바인 박사가 설명한 것과 똑같았다.

"보려고만 했다면, 아까 우리가 두드리던 비상계단에서 틀림없이 볼 수 있었을 거야."

네그렛이 말했다.

"우리가 위층에서 볼 수 있었던 건 쌓인 눈뿐이었어. 열어 볼까, 아니면 그냥 돌려줄까?"

"그냥 돌려줘야 할 것 같아. 하지만 어쩌면⋯ 우리가 발견했으니까, 도둑이 뭘 찾으려 했는지 한번 봐도 되지 않을까?"

네그렛이 말했다. 시린이 고개를 끄덕여 동의를 표하고 걸쇠를 탁 젖혔다. 서류 가방이 열리며 엄청나게 많은 종이와 공책들을 드러냈다. 특별한 한 가지가 네그렛의 시선을 끌었다. 네그렛은 손을 넣어 사각형 흑백 사진 한 장을 꺼냈다.

지도에 관한 재미있는 사실을 또 한 번 말하자면, 절대 다른 것으로 착각할 수 없다는 거다. 안개 낀 창문의 낙서로밖에, 더 정확히 말해 안개 낀 창문의 낙서 사진으로밖에 보이지 않는다고 해도 그렇다. 네그렛이 들고 있는 사진은 정확히 지도였다.

사진 속의 창은 모두 물방울로 흐려진 여섯 개의 판유리가 있었고, 사진의 대부분을 차지했다. 아랫부분은 직사각형 모양인데, 판유리들은 금속으로 이루어진 선에 의해 절반으로 나뉘어 있었다. 창의 형태는 어린아이가 그린 산처럼 거칠게 솟은 삼각형 봉우리들로 사면이 에워싸여 있고, 끝에 화살이 있는 선 하나가 봉우리들로 둘러싸인 사각형 오른쪽을 가리키며 구불구불 나 있었다.

"묘하네."

네그렛이 머리를 긁적이며 말했다.

"뭔지 알 것 같은 느낌이야. 무슨 사진인지 알 것 같아."

"이 나머지는 다 뭘까?"

시린이 물었다.

"메모를 다 훑어보는 데도 몇 시간은 걸리겠다."

바로 그때 두 개의 발자국 소리가 복도를 바삐 걸어왔다. 네그렛은 일어나서 서재 문 밖으로 고개를 내놓았다가 엄마를 펄쩍 놀라게 했다.

"찾았어요."

네그렛은 속삭이며 엄마 아빠에게 들어오라고 손짓했다.

"말도 안 돼."

파인 부인이 열린 서류 가방을 응시하며 말했다.

"아무튼 고위바인 박사가 다행으로 여기겠구나."

파인 부인은 파인 씨와 시선을 교환했다.

"밀로, 네가 박사에게 가져다주겠니? 아빠와 난 이야기를 좀 해야겠다."

"좋아요."

네그렛은 마지못해 가방을 닫았다.

"이번엔 꾸물거리지 말기다, 알았지? 곧바로 가져다주는 거야. 박사는 정신이 나간 상태야."

"마스터키 하나도 없어졌어요."

네그렛이 덧붙였다.

"남은 하나는 제가 가졌어요. 만약을 위해."

엄마 아빠는 둘 다 호주머니를 더듬어 자신의 열쇠고리를 꺼냈다.

"내 걸 가져가렴."

파인 부인이 남편을 바라보며 말했다.

"당신 걸?"

파인 씨가 고개를 끄덕였다.

"그럼 그렇게 해요."

파인 부인은 네그렛을 서재 문밖으로 밀었다.

"만약 브랜든이나 펜스터가 우리보다 먼저 내려오면, 곧바로 이리 올라오라고 할 수 있겠지? 아무 이야기도 말고?"

"물론이죠."

두 모험가의 뒤에서 방문이 조용히 닫혔고, 둘은 계단을 향해 복도를 걸어가기 시작했다.

"넌 모든 사람을 지켜봐 줘."

네그렛이 시린에게 속삭였다.

"우리가 가방을 갖고 들어갈 때 사람들이 어떤 반응을 보이는지."

둘이 도착했을 때 1층은 조용해졌다.

"물건을 계속 가져가는 사람은 누구든 그만두는 것이 좋을 거예요. 우리의 물건 찾는 기술은 당할 수 없으니까요."

네그렛이 말하며 두 손으로 물 얼룩이 있는 서류 가방을 들어 올렸다.

"그건 내…."

고워바인 박사가 의자를 밀치며 벌떡 일어나 네그렛이 서 있는 곳으로 맹렬히 달려왔다.

"도대체 어디서…."

박사는 가방을 조심조심 받았다.

"어떻게 된 일이니?"

"도둑이 비상계단에 놓아두었어요."

네그렛이 박사에게 말했다.

"없어진 게 없는지 확인하시는 게 좋을 것 같아요."

교수는 가방을 들고 식탁으로 가서 몇 줌의 종이를 꺼내 더미로 분류하기 시작했다.

"고맙다, 밀로."

"아니에요."

네그렛은 잠시 박사가 분류하는 것을 지켜보다가 시린의 시선과 마주치자 창가 커플 소파 쪽을 향해 고개를 까딱했다. 무슨 일인지 보러 왔던 손님들은 대부분 하던 일로 되돌아갔다.

조지는 식당 창가 작은 브런치 탁자에 앉아서 4층 창문 사진을 얻으려고 열어야 했을 시가 박스를 다시 테이프로 감고 있었다. 거실에서는 클렘과 오웬이 소파에 꼭 붙어 앉아 있었다. 클렘의 한 손은 오웬의 손에 잡혀 있었는데, 두 사람은 이야기에 열중한 나머지 심지어 네그렛이 고워바인 박사에게 가방을 돌려주는 것도 알아차리지 못한 것 같았다. 히어워드 부인은 평화롭게 뜨개질을 하면서 다른 의자에 앉아 있었다. 빈지 씨는 늘 앉던 의자로 다시 돌아갔고, 네그렛이 보았을 때는 무릎에 두었던 책을 집어 들고 다시 읽고 있었다.

"반응을 보인 사람 있어?"

네그렛은 시린에게 속삭였다. 높은 등받이가 두 사람을 숨겨 주었다.

"모두들 쳐다보았지만, 가방을 보자마자 대부분 하던 일로 돌아갔어. 물론, 고워바인 박사만 빼고."

네그렛은 빈지 씨를 보고, 도착한 날 밤부터 쭉 읽고 있던 책을 보았다.

"스키드랙과 그 주변의 역사라고 했지."

네그렛은 생각에 잠겨 말했다.

"시린? 조지가 해도를 갖고 온 이유와 비밀이 밝혀진 지금, 굳이 해도를 비밀로 해야 할 필요가 있다고 생각해?"

시린이 얼굴을 찌푸렸다.

"글쎄, 일반적으로 비밀은 가능한 한 지키는 게 좋다고 생각해."

시린이 합리적으로 말했다.

"아무튼 다른 사람들도 비밀을 지키고 있으니까. 왜?"

"난 아직도 그 해도가 뭘 보여 주는 건지 궁금하거든."

"어쨌든 조지가 이 근처의 모든 것을 확인해 보았다고 했잖아."

"그래, 알아. 하지만 난 클렘이 철문에 대해 한 말을 생각하고 있어. 이백 년 동안 풍경이 얼마나 바뀔 수 있을까. 침식, 기후, 조수, 홍수…. 어쩌면 우리 해도는 지금의 강이 아니라 과거의 강을 보여 주는 걸지도 몰라."

저쪽 의자에서 빈지 씨가 책장을 넘겼다.

"빈지 씨는 그 주위의 강과 땅의 역사를 읽고 있어. 틀림없이 옛날 지도도 있을 거야. 어쩌면 똑같은 것을 발견할 수 있을지도 몰라."

"조지는 종이가 오래된 것이라고 했어. 만약 자기 말대로 훌륭한 조사원이라면 옛날 지도도 확인했을 거야."

"꼭 그렇지는 않을걸."

네그렛은 고개를 저었다.

"조지가 해도에서 일부분은 종이보다 더 새거라고 했던 거 기억해 봐. 만약 배와 나침반은 새것이지만 물길과 수심은 그렇지 않다면?"

스콜리아스트는 곰곰 생각하다가 말했다.

"나라면 보여 주지 않을 거야. 하지만 굳이 이유를 말하지 않아도 책을 보여 달라고 부탁할 수는 있을 것 같아."

바로 그때 빈지 씨가 긴 다리를 쭉 뻗으며 의자 팔걸이에 넘어지지 않게 책을 펼쳐 놓았다. 그리고 한 손에 머그잔을 들고 삐걱거리며 일어섰다. 네그렛은 커플 의자 등받이를 뛰어넘다시피 했다.

"저…"

노인은 한 손가락으로 안경을 코끝으로 끌어내리고 안경테 위로 네그렛을 바라보았다.

"왜, 밀로?"

"지금 읽고 계신 페이지를 놓치거나 접지 않겠다고 약속하면, 그 책을 좀 봐도 될까요?"

"내 책을?"

빈지 씨가 놀라며 반복했다.

"왜?"

"그 책이 스키드랙에 대한 이야기라고 엄마한테 말씀하시는 걸 들었어요."

네그렛은 재빨리 생각해서 말했다.

"사회 시간에 강에 대한 단원이 있는데요, 만약 방학이 끝나고 학교에 가져갈 흥미로운 사실을 발견한다면 추가 점수를 받을지도 모른다고 생각했어요."

빈지 씨는 안경을 다시 추켜올리고 오랫동안, 숙고하는 눈길로 네그렛을 바라보았다.

"그래, 그렇다면 보려무나. 난 잠시 눈을 쉬어야겠다."

빈지 씨는 성큼성큼 몇 걸음 가다가 멈추었다.

"난 그 강의 역사에 대해 여러 권의 책을 읽었단다. 만약 읽다가 의문이 나면 내가 대답해 줄 수 있을 게다."

빈지 씨가 말했다.

"고맙습니다."

네그렛은 곧바로 빈지 씨가 읽고 있던 곳을 집게손가락으로 조심스레 표시한 다음 커플 소파로 돌아왔다. 그리고 십 분 동안 네그렛과 시린은 삽화 목록을 내려가며 책의 모든 그림과 해도를 대조했다. 어느 것도 종이 위의 파란색과 초록색 모양들과 닮은 것은 없었다.

"어떻게 되어 가고 있니?"

네그렛과 시린은 깜짝 놀라 거의 뛰어올랐다. 빈지 씨가 커플 소파 뒤에 서서 두 사람을 부드러운 눈으로 내려다보고 있었다. 네그렛은 최대한 태연하게 지도를 접었다.

"좋아요, 고맙습니다. 책 돌려드릴까요?"

"서두를 것 없다. 학교에 가져갈 만한 걸 발견했니?"

"글쎄요…."

네그렛은 머리를 긁적였다.

"사실, 그림을 구경하는 데 정신이 팔려서요."

네그렛은 표지를 덮어서 내밀었다.

"하지만 다 본 것 같아요. 너무 어두워지기 전에 밖에 나가 봐야 할 것 같아요. 아무튼 고맙습니다."

"좋을 대로 해라."

빈지 씨는 책을 받아 들고 자신의 의자를 향해 돌아가다가 걸음을 멈추고 잔소리를 하려는 선생님 같은 몸짓으로 한 손가락을 쳐들었다.

"네가 〈재담가의 비망록〉을 읽고 있으니 말인데, 거기 읽어 볼 만한 이야기가 있단다. 옛날에, 지도 제작자들은 위험하거나 아직 탐험하지 않은 장소를 가르켜 지도 가장자리에 'hic sunt dracones'라고 썼어. '여기에 용이 있음'이라는 뜻이지. 하지만 넉스피크 지도 제작자들은 'hic abundant sepiae'라고 썼지. '여기에 많은 세이시가 있음'이라는 뜻이야. 그 책에서 물가로 나왔다가 육지에 머무르려면 강 아래에서 자신을 대신해 줄 인간을 발견해야 하는 세이시 이야기 읽어 봤니?"

"네."

네그렛은 싱긋 웃었다. 소름끼치는 이야기였다.

빈지 씨도 웃었다. 웃는 데는 서투른 것 같아 보였지만, 그 웃음은 진심 같았다.

"네 비밀 해도에 그런 경고가 있니?"

네그렛은 고개를 저었다.

"있으면 좋겠어요. 그럼 멋질 거예요."

"때로는 경고를 글로 쓰지는 않았다. 그냥 수달을 그리기도 했지."

"아뇨, 수달은 없어요. 알바트로스만 있어요. 아야!"

시린이 팔꿈치로 쿡 찌르자 네그렛은 비명을 질렀다.

"수달은 없어요."

네그렛은 시린을 쏘아보며 단호하게 반복했다.

"아, 그래."

빈지 씨는 안경을 다시 바로잡았다. 실망한 듯한 목소리였다.

"그렇다면 매우 안전한 바다의 지도겠구나."

빈지 씨는 의자로 돌아가 〈그림으로 보는 스키드랙의 역사〉를 무릎에 펼쳐 놓고 앉았다.

네그렛은 갈비뼈를 문질렀다.

"그렇게 세게 치는 법이 어디 있나?"

네그렛은 식식거렸다.

"계획을 지켜야 한다는 걸 상기시켜 주려고 그랬지."

시린이 대수롭지 않다는 듯 대답했다.

"우리 비밀을 지켜, 네그렛. 너 어디 가?"

네그렛은 조지의 가죽 지갑에 해도를 넣고 그것을 가방에 넣었다.

"아까 말했듯이 정원을 보러. 잘 지켜보고 있어."

"지금? 지금 말이야?"

시린이 못마땅하게 물었다.

"그래."

네그렛이 조용히 대답했다.

"이따는 너무 어두울 거야. 게다가 빈지 씨에게 나간다고 말했는데, 안 나가면 이상하게 보일 거야. 너도 같이 갈래?"

"아니. 너도 그런 데 시간을 낭비하지 않았으면 좋겠어. 우리가 따라가야 할 진짜 단서들이 있잖아."

스콜리아스트는 주머니에서 진실하고 고통스러울 정도로 명료하고 진실한 눈을 꺼내 코에 걸치며 말했다.

"하지만 난 신경 쓰지 마."

네그렛은 커플 의자에서 미끄러져 내려왔다.

"바로 돌아올게. 잔디밭 바로 건너편에 있으니까."

시린이 파란색 렌즈를 통해 쏘아보는 것을 무시하고 네그렛은 부엌으로 갔다. 캐러웨이 부인이 당근을 얇게 썰고 있었다.

"밖에 산책 갔다 올게요. 엄마 아빠가 물으면 말씀해 주시겠어요?"

"글쎄다, 밀로. 혼자 가면 안 될 것 같은데. 밖은 몹시 춥고, 눈발이 다시 심해지고 있잖니."

네그렛이 자신감을 최대한 끌어올려 미소 지었다.

"창문에서 제가 보일 거예요."

캐러웨이 부인은 미심쩍은 듯 보였다. 밀로는 부인의 시선을 따라 창을 바라보았다. 마당 건너편은 멀리까지 보이지 않았다.

"시계 가져가니?"

캐러웨이 부인이 마침내 물었다.

"아뇨, 왜요?"

"이거 가져가라."

부인은 손을 앞치마에 닦고 손목시계를 풀었다.

"내 것을 빌려가서 십 분 안에 돌아오너라. 아니면 널 찾으러 리지를 보낼 거다. 알겠지?"

"네. 좋아요."

네그렛은 시계를 차고 로비로 가서는 꽁꽁 싸매고 매섭게 추운 오후의 바깥으로 걸어 나갔다.

네그렛이 걸을 때마다 뽀드득 소리가 났고, 부츠가 하얀 눈 속으로 깊이 가라앉았다. 휘몰아치는 눈송이들 때문에 눈을 가리고 잔디밭을 가로질러 나무들 사이 빈터로 향했다. 캐러웨이 부인에게 말했듯이 현관문에서 곧장 잔디밭을 가로질렀다. 소용돌이치는 눈발 때문에 빈터는 분명하게 보이지 않았지만, 길게 늘어선 눈 모자를 쓴 소나무들 사이로 흰색 바탕의 공간이 있었다.

네그렛은 걸어가면서 엄마 아빠가 관세사에 대해 어떤 결정을 내릴지 궁금했다. 절대 조지일 수는 없었다. 그럴 리 없었다.

그림자 하나가 오른쪽 어딘가에서 움직였다. 네그렛은 레일카가 서는 정자 쪽을 날카롭게 훑어보았다. 층층이 높이 쌓인 눈이 지붕 한쪽 구석에서 미끄러져 내려왔다. 네그렛은 한동안 응시했지만, 더는 보이는 것도, 움직이는 것도 없었다.

네그렛은 상을 찡그렸다. 하지만 캐러웨이 부인의 시계가 지붕의 눈사태를 보느라 낭비할 시간이 없음을 상기시켜 주었다. 게다가 가만히 서 있기에는 너무 추웠다. 그래서 빈터 쪽으로 돌아서서 걸음을 계속했다.

정원으로 가는 작은 둔덕 아래에 이르자 네그렛은 알 것 같았다. 이곳이 옛날에 여관 경내로 들어가는 입구인 건 너무나 이치에 맞는 것 같았다. 지금의 정자나 길과는 달리, 작은 문턱은 기본적으로 현관문과 한 줄로 이어져 있었다. 눈 아래 어딘가에 짧은 3층 계단이 있었는데, 지금 이 계단은 작은 정원으로 나 있었다. 많은 일을 멋지게 해내지만 정원만큼은 잘 가꾸지 못하는 파인 부인이 해마다 식물을 심고, 몇 주 이상 살아 있도록 애쓰는 정원이었다. 거기에는 괄호 모양으로 생긴 두 개의 돌 벤치가 공간 양쪽에 하나씩 있었다. 그 너머에는 옛날에는 상자 모양으로 깔끔하게 다듬어졌던 산울타리가 있고, 산울타리 반대쪽에는 절벽에 너무 가까이 가는 모험을 막아 주는 가로대 울타리가 있었다.

네그렛은 벤치 하나에 쌓인 눈을 대부분 깨끗이 치우고 앉으려해 보았지만, 그러기에는 돌이 너무 차가웠다. 벤치 아래쪽은 눈이 날아와 쌓인 어둑어둑한 공간이 있었는데, 몸집이 작은 소년이 기어들기에 충분히 큰 깔끔하고 작은 동굴이 길쭉한 모양으로 남아 있었다. 네그렛으로서는 절대 저항할 수 없는 일종의 숨겨진 비밀 장소였다. 네그렛은 벤치 밑으로 들어갔다. 그 공간은 정확히 자신의 몸과 딱 맞는 크기일 뿐만 아니라 바깥보다 더 따뜻했다.

만약 예전에 철문이 여기 있었다고 해도 네그렛은 어디 있었는지 알 수 없었다. 어쨌거나 지금은 오래 머물면서 생각해 볼 수도 없었다. 캐러웨이 부인이 준 십 분이 거의 끝나가고 있었기 때문이다.

네그렛은 잠시 더 멍하니 쪼그리고 앉아, 옛날 주인인지 아니면 오래전에 묵었던 어떤 손님인지 모를 누군가가 차가운 돌에 새겨 놓은 오래된 낙서를 손가락으로 쓸었다.

'우리는 그대를 잘 모르지만 애디여 편히 잠들라.'

그 아래에 구부러진 부리를 지닌 일종의 새처럼 보이는 어설픈 그림이 새겨져 있었다. 확실하지는 않지만, 올빼미인 것 같았다.

클렘의 말이 옳을지도 몰랐다. 철문이 서 있던 자리는 오래전 강속으로 무너져 내렸을 수 있었다. 어쩌면 클렘이 틀렸을지도 몰랐다. 아니면 상점 주인이 사실을 잘못 알았거나. 하지만… 네그렛은 몸을 내밀어 이 정원과 완벽하게 마주 보고 있는 그린글라스 하우스를 돌아보았다. 그러고는 아래쪽에서 올려다보면 철문을 스테인드글라스 창문처럼 보이게 할 수 있다던 보이지 않는 태양을 향해 고개를 들었다. 그리고 네그렛은 증명할 수는 없지만 클렘이 옳다는 확신이 들었다. 그때였다.

"밀로!"

캐러웨이 부인의 목소리가 잔디밭 어딘가에서 찬 공기를 뚫고 들려왔다. 네그렛은 시계를 확인하고 이 분이 늦었음을 발견했다. 네그렛은 벤치 아래 동굴에서 기어 나와 집을 향해 뛰어갔다. 집 앞에서 한 사람이 손을 허리에 짚고 서 있었다.

네그렛은 부인의 지시를 따르지 않고 부인 눈 앞에서 저체온증으로 죽을 뻔했다고 캐러웨이 부인에게 야단을 맞은 다음, 뜨거운 사과 주스로 기운을 북돋웠다. 시린이 거실 크리스마스트리 뒤 아른아른 빛나는 동굴에서 손짓을 하는 게 보였다.

네그렛은 커플 소파에서 배낭을 다시 들고 시린 옆으로 기어들어 갔다.

"어땠어? 모든 게 바라던 대로야?"

시린이 물었다. 네그렛은 어깨를 으쓱했다.

"클렘이 옳은지 아닌지는 잘 모르겠어. 하지만 난 클렘을 믿어."

시린이 눈을 가늘게 떴다.

"그 밖에는?"

"그 밖에는 없어. 난 그냥 클렘이 말한 곳이 맞는지 보고 싶었을 뿐이야. 중요하다 싶은 곳을 제대로 살펴보지 않는 건 좋지 않다고 말한 사람은 너잖아."

"하지만 넌 더 알아낸 것이 없잖아."

시린이 지적했다.

"좋아. 네 말이 옳아. 가치 없는 일이었어."

네그렛은 격분해서 말했다.

"왜 날 못살게 구는 거야?"

"못살게 구는 거 아닌데."

"못살게 굴고 있어."

네그렛은 조금 씩씩대다가 배낭에서 공책을 꺼냈다.

"좋아. 네가 말한 진짜 단서들로 돌아가자. 내가 없을 때 알아낸 거 있어?"

"알았어, 미안해. 아니, 없어."

"그럼 우리 둘 다 십 분, 아니 십이 분 낭비했으니 비긴 거다. 단서로 돌아가자."

"좋아."

시린은 뒤로 기대며 망토 아래로 무릎을 끌어당겼다.

"관세사는 도난하고 관계가 있지, 네그렛? 한 사람일까, 두 사람일까?"

"같은 사람일 것 같아. 확실히는 모르겠어."

네그렛은 스프링 노트를 탁 펼쳤다.

"그럼 다른 사람이라고 가정하자. 첫째, 도둑. 클렘. 도둑질을 당하지 않은 유일한 사람이니까. 또는 의심을 떨쳐 버리려고 거짓으로 도둑을 맞은 사람들 중 한 사람."

시린이 공책을 가지고 가더니 자기 호주머니에서 펜을 꺼내 적었다.

"클렘이 도둑이라는 주장. 우리는 이미 클렘이 원래 도둑임을 알고 있다."

"맞아. 클렘이 가장 간단한 답인 건 확실해."

"그럼 복잡한 답으로 넘어가자."

시린은 도둑을 맞은 사람들 목록을 만들고 이름 옆에 무엇이 없어졌는지 적었다.

"복잡한 답은 뭐야, 네그렛?"

펜이 멈췄다. 네그렛은 시린이 적어 놓은 것을 바라보았다.

조지 – 랜스디가운을 조사한 것들을 적은 공책

히어워드 부인 – 그린글라스 하우스의 그림이 있는 잡동사니 가방

빈지 씨 – 글씨가 새겨진 금시계

고워바인 박사 – 스켈란센과 독 홀리스톤을 조사한 자료가 들어 있는

서류 가방

"아직 잘 모르겠어. 그 넷 가운데 하나라는 것 말고는."

네그렛이 말했다.

"괜찮아."

시린은 페이지를 넘겼다.

"이번엔 관세사. 가장 간단한 답은 조지. 서류가 방에 있었으니까."

"복잡한 답은, 누군가 서류와 연관되고 싶지 않아서 조지의 방에 숨김. 일종의 속임수."

그리고 문득, 네그렛은 답이 보였다. 여기서 복잡한 답이 작동하는 방식은 딱 하나였다. 그리고 세상에, 완벽하게 맞아 떨어졌다. 네그렛은 손을 뻗어 도둑맞은 물건들의 목록이 적힌 페이지로 되돌아갔다. 정말 그랬다. 도둑맞은 물건들 가운데 하나는 다른 것과는 달랐다. 네그렛은 공책을 움켜쥐고 그 전날 적어 두었던 메모를 찾을 때까지 페이지를 더 넘겼다. 그리고 망연자실해서 등을 기댔다. 도둑맞은 물건들 가운데 하나는 다른 것들과 달랐을 뿐만 아니라 네그렛이 옳다는 것을 증명하는 단서를 갖고 있었다.

"같은 사람이야. 그리고 누군지 알겠어."

네그렛이 속삭였다.

"애태우지 말고 얼른 말해 줘."

시린이 소곤거렸다.

"대체 누구야?"

네그렛이 대답을 하려고 막 입을 여는 순간, 파인 씨와 파인 부인이 거실로 들어왔다. 브랜든과 펜스터가 뒤에서 따라 들어왔다. 브랜든은 충분히 태평스러워 보였지만, 네그렛은 브랜든의 눈에 깃든 날카로움과 평소와는 약간 다른 눈동자의 움직임을 알 수 있었다. 지하 철도 승무원인 것 외에도 브랜든은 전문적인 싸움꾼이었다. 마치 패대기를 쳐야 할 경우를 대비해서 준비 태세를 갖추고 있는 듯이 보였다.

펜스터는 달랐다. 그의 눈은 구석에 갇힌 야생 동물처럼 재빨리 방 안을 둘러보았다. 펜스터는 난로 앞 래그러그에 걸려 비틀거렸고, 브랜든은 주의하라는 눈빛과 함께 펜스터를 붙잡고 무슨 말을 속삭였다. 잊지 말고 지키라고 경고하는 것 같았다.

"배고프신 분?"

파인 부인이 딱할 정도로 거짓 쾌활함을 보이며 물었다.

"늦은 점심을 드실래요? 아니면 오후 티타임을 좀 일찍 가질까요?"

네그렛은 시린에게서 공책을 낚아채고는 크리스마스트리 뒤에서 빠져나와 최대한 태연하게 부엌으로 향했다. 펜스터가 네그렛에게 윙크를 했다. 브랜든이 펜스터를 팔꿈치로 쿡 찔렀다.

"그만 좀 하게!"

펜스터가 중얼거렸다.

"진심이야."

파인 씨와 파인 부인이 부엌에 가서 캐러웨이 부인과 리지와 급히 몇 마디 주고받았을 때 밀로가 도착했다.

"엄마, 아빠, 이야기 좀 할 수 있어요? 중요한 일이에요."

밀로가 속삭였다. 그리고 답을 기다리지 않고 다짜고짜 엄마의 소매를 잡고 계단 아래 커다란 식료품 저장실로 끌어당기며 파인 씨에게는 따라오라는 몸짓을 했다.

"밀로, 대체…"

"누군지 알았어요."

거의 셋만 남게 되었을 때 밀로가 말을 끊었다.

파인 씨가 미간을 찌푸렸다.

"조지가 아니라고 생각한단 말이지?"

"아니라고 확신해요."

밀로는 목소리를 낮추었다.

"도둑과 관세사는 같은 사람이에요."

"밀로, 네가 좋아하지 않을 것을 안다만, 조지 역시 도둑일 수 있어. 도둑맞은 척할 수도 있었어."

파인 부인이 부드럽게 말했다.

"정확히 그게 도둑이 한 짓이지만 조지는 아니에요."

"그렇다면 그 보증서… 네가 발견한 종이 말이다. 그게 왜 조지의 방에 있었지?"

파인 씨가 물었다.

"아빠가 말씀하신 것과 같아요. 진짜 관세사의 방에서 발견되지 않도록 하기 위해서죠. 일종의 속임수예요. 도둑맞은 물건들하고 똑같은 방식이에요. 다만 조지는 아니에요."

"그렇다면 누군가 조지에게 혐의를 씌우려 했다는 거냐?"

"아뇨. 관세사는 서류를 빈방에 숨기려고 했을 거예요."

네그렛은 엄마를 바라보았다.

"제가 조지의 가방을 마루에 떨어뜨려 향수병을 깬 일을 기억하세요? 짐받이 받침대가 있어야 할 곳에 없어서 그랬잖아요. 관세사가 카펫 아래에 종이를 숨겨 놓고 받침대를 옮겨서 가려 두었기 때문에 그랬던 거예요."

"하지만 그땐…."

파인 부인이 얼굴을 찡그리고 남편을 바라보았다.

"그렇게 하려면…."

"맞아요!"

밀로가 열렬하게 고개를 끄덕이며 공책을 들어 올렸다.

"보세요. 여기 도둑맞은 물건들이 있어요. 모두 그린글라스 하우스와 관련이 있거나, 이곳에 온 동기와 관련이 있어요. 한 가지만 빼고요."

그 한 가지는, 유일한 그 한 가지는, 분명히 훔칠 만한 물건이었다. 그렇지만 그린글라스 하우스와 손님들이 이곳에 온 이유와 관련된 물건들과는 전혀 어울리지 않는 것이었다.

그 물건은 조지의 방을 빈방이라고 생각할 수 있는 유일한 사람의 것이었다. 바로 조지보다 먼저 도착한 사람. 손님들 가운데 가장 먼저 온 사람.

빈지 씨.

엄마 아빠도 짚이는 사람이 있는 것 같았다. 이제 마지막 단서, 궁

극적인 증거를 꺼낼 때였다. 네그렛은 다시 페이지를 넘겼다.

"엄마 아빠는 도둑맞은 물건들을 저처럼 가까이에서 보지 못했어 요. 보세요. 이것이 시계 안쪽에 새겨져 있어요."

D.C.V.에게.

노고에 심심한 존경과 감사를 표하며.

D.와 M.으로부터

"D.와 M.은 디콘 앤 모어벤가드를 나타내지요? 고워바인 박사가 어제 디콘 앤 모어벤가드가 세관 사람들과 결탁하고 있다고 한 말은 사실이지요?"

"넥스피크 밀수업으로 피해를 입은 건 사실 디콘 앤 모어벤가드 사업이 유일하지."

파인 씨는 아무도 듣는 사람이 없는지 확인하려고 부엌을 돌아보 며 조용히 말했다.

"밀수업자들이 없으면 D.와 M.은 실질적으로 도시로 들어오는 물 품들을 독점하는 셈이지. 그들과 세관은 실제로 결탁하고 있어… 아 무도 증명하지 못하지만, 그래, 모두들 의심하고 있지."

"그럼 제 말을 믿으시는 거죠?"

밀로가 물었다.

"일단 다른 사람들이 다 나타나면 그들이 모두 누구며 이 집과 어 떤 연관이 있는지 조사해 볼 작정이었던 것 같다. 밀로, 네 말이 맞 는 것 같구나."

파인 부인이 천천히 고개를 끄덕이며 말했다.

"그럼, 우린 어떻게 해요?"

"더 어려운 질문이로구나."

파인 부인이 남편을 바라보았다.

"이곳을 나가 지하 철로로 돌아갈 때까지 펜스터가 눈에 띄지 않도록 돕는 것 말고는 무엇을 할 수 있을지 잘 모르겠구나. 빈지 씨가… 만약 이곳에 직업상 온 거라면… 불법적인 행위를 했다는 증거를 찾고 있을 거다."

"우린 불법적인 일은 하지 않았지요?"

"그럼. 하지만 당국에 전화해서 증거를 제출하지도 않았지. 우린 밀수업자는 아니지만 밀수를 방조했다고 여겨질 수 있어."

파인 부인이 네그렛의 손을 꼭 쥐었다.

"하지만 너를 걱정시키고 싶지는 않구나. 난 그저 네가 침착함을 유지하고 우리가 곤란에 처하지 않도록 노력해 주었으면 해. 그리고…"

파인 부인이 조금 웃었다.

"크리스마스이브를 즐겁게 보내도록 하고. 그렇게 할 수 있겠지? 아빠와 내가 다른 일들에 신경 쓸 수 있도록?"

"그렇게 해 볼게요."

하지만 네그렛은 잘할 수 있을 거라는 확신이 들지 않았다.

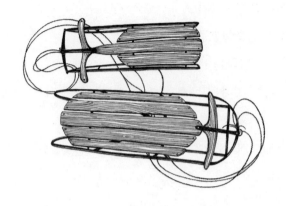

제12장

빈지 씨의 이야기

그날 남은 시간 동안 빈지 씨를 쳐다보기가 매우, 매우 어려웠다. 엄마 아빠는 어떤지 밀로는 상상이 가지 않았다.

우선, 그들은 펜스터를 집 밖으로 데리고 나가 지하 철로를 이용해 안전한 곳으로 보내려고 했다. 펜스터와 브랜든, 파인 씨는 수리한 발전기가 잘 유지되고 있는지 다시 확인한다는 구실로 단단히 싸매고 눈 속으로 사라졌다. 밀로는 세 사람이 집을 돌아가는 대신 숲과 지하 철로의 숨겨진 입구를 향해 언덕을 올라가는 것을 보았다. 세 사람은 삼십 분 뒤에 모두 다시 돌아왔는데, 사람이라기보다는 고드름처럼 보였다. 밀로는 부엌에 있는 엄마 옆에 서서 핫 초콜릿을 기다리며 파인 씨의 속삭이는 설명을 들었다.

"제어 시스템이 꽁꽁 얼어붙은 데다 고장이 났어요. 브랜든은 고칠 수 있다고 생각하지만 빨리는 안 된답니다."

"고장이요? 발전기가 고장 났을 때처럼 말인가요?"

파인 부인이 경계하며 조심스레 물었다.

'발전기가 고장 났을 때처럼'이라는 말에서 밀로는 엄마의 말이 고의적인 고장을 뜻한다고 확신했다.

"확실하지는 않아요. 브랜든은 그렇게 생각하지 않아요. 다행히도. 만약 고의라면 이번에는 더 확실하게 했을 거요."

남은 시간 동안 브랜든은 들락날락했지만, 밀로의 엄마 아빠는 늘 둘 중 한 사람이 빈지 씨나 펜스터와 같은 방에 남도록 했다. 펜스터에게 관세사라고 의심하는 사람이 누구인지 말하지 않은 것은 좋은 생각이었을 거다. 만약 사실을 안다면 분명 펜스터는 침착함을 유지하지 못하고 빈지 씨를 빤히 쳐다봤을 것이다. 공교롭게도 펜스터는 시간이 갈수록 점점 더 편집증 환자처럼 행동하고 있었다.

크리스마스이브의 낮은 점점 밤을 향해 흘러갔고, 다들 아무리 흥분해 있다고 해도 그린글라스 하우스에서의 시간은 해마다 그랬듯 느릿느릿 흘러갔다. 눈은 계속 내렸고 바람은 창문 구석으로 계속 눈을 거세게 몰아댔다. 이따금 밀로는 빈지 씨와 펜스터, 심지어는 네그렛도 잊어버리고 꿈을 꾸듯 성에가 낀 창유리와 은종 생각에 빠졌다. 햄과 파이를 굽는 냄새, 오렌지와 함께 보글보글 끓는 크랜베리 소스 냄새가 1층을 떠돌며 양초들에서 나는 소나무와 소귀나무와 박하 냄새와 섞였다. 바깥의 햇빛이 막 희미해지기 시작하자 밀로의 아빠는 발가락 부분에 방울이 달린, 헝겊 조각을 이어 만든 크리스마스 양말 세 개를 들고 계단을 내려왔다.

파인 씨는 관습대로 벽난로 선반 위 고리에 양말을 걸고 밀로에게 돌아섰다. 밀로는 창가 커플 소파에서 웅크리고 앉아 책을 읽고 있었다.

"우리가 아직 하지 못한 게 있지 않아? 썰매 타기 말이야. 잠깐 나가서 탈래? 너하고 나만? 눈 밑은 전부 얼음이라 썰매 타기에 완벽할 거야. 서두르면 완전히 어두워지기 전에 한 시간은 탈 수 있을 게다."

두 사람은 옷을 입고 휙휙 휘파람을 부는 추위 속으로 나가 조심조심 현관 계단을 내려갔다. 밀로는 아버지를 따라 별채 건물들이 있는 숲으로 향했다. 이따금 파인 씨가 '지붕 위에'를 흥얼거릴 때를 제외하면 두 사람은 보통 때처럼 말없이 함께 걸었다. 크리스마스이브였고, 눈이 오고 있었고, 등 뒤의 그린글라스 하우스에서는 불빛이 환하게 밝혀 있고, 밀로는 아빠와 썰매를 타러 가고 있었다.

그들이 차고라고 부르는 건물은 한 번도 자동차를 세워 둔 적이 없었다. 밀로 아빠는 언젠가 그곳에 자동차를 집어넣을 수 있도록 깨끗이 치우겠다고 종종 맹세했지만, 밀로는 아빠의 맹세에 대해서는 회의적이었다. 그곳은 모든 별채 가운데 가장 크고 가장 가까이 있는 건물로, 커다란 직사각형 붉은 벽돌로 지었고 두 개의 나무로 된 문이 있었다. 건물은 숲속 나무들 바로 안쪽에 서 있었다. 파인 씨는 포치에서 삽을 가져와 바람에 실려 건물 전면에 쌓인 눈을 퍼냈다. 그런 다음 빗장의 눈을 털어 냈고, 두 사람은 함께 가까스로 왼쪽 문을 비집고 안으로 들어갈 정도만큼 열 수 있었다.

찰칵, 지지직. 엠포리움에 있는 것과 매우 비슷한 전구가 머리 위에서 깜박거렸다.

"여기 어딘가에 썰매가 있을 텐데. 우리가 작년에 어디에다 두었더라?"

파인 씨가 안을 살펴보며 말했다.

"어디 있든 아마 맨 밑에 있을걸요. 줄곧 썰매 둘 곳이 필요하다고 말은 하면서 실제로 둘 자리를 찾아보지는 않았잖아요."

밀로가 툴툴거렸다.

"그럼 올해는 반드시 찾자. 넌 저쪽을 맡아. 난 이쪽을 맡을 테니."

밀로는 오른쪽으로 발걸음을 떼었고, 아빠는 반대편을 찾아 나가기 시작했다. 썰매는 쉽게 찾을 수 있을 거라고 밀로는 생각했다. 과연 실망시키지 않고, 썰매 하나가 뒤쪽에 쌓인 물건 더미 꼭대기에서 바로 나타났다. 녹색 금속 가로대와 윤이 나는 목재가 온갖 잡동사니들 사이에서 두드러지게 눈에 띄었다. 잡동사니의 범주는 넓었다. 낡은 엔진, 들어갈 곳을 잃어버린 듯 보이는 여러 개의 서랍, 한때는 노란색 페인트칠이 되어 있던 말뚝 울타리 재료들 등등.

"하나 찾았어요, 아빠."

밀로는 썰매 앞면을 잡아당겼지만, 뒤쪽 절반은 꼼짝도 하지 않았다. 무엇이 꽉 붙들고 있는지 확인하기에는 밀로의 키가 작았다.

"그런데 꼼짝 안 해요."

"다른 하나는 여기 있다. 기다려라."

잠시 후 파인 씨가 나타나 무겁고 오래된 침대 머리판 위로 올라가서 썰매를 꽉 잡아당겼다. 썰매를 빼내기는 했는데, 침대 머리판이 파인 씨의 몸무게에 밀려나며 더미 전체가 흔들거렸다. 파인 씨는 뛰어내리며 두 팔로 어설프게 썰매를 잡았다. 썰매가 떨어지며 무슨 금속에 부딪혔는지 찍 긁히는 소리와 함께 튕겨 나왔다.

"으, 에나멜이 벗겨졌네."

파인 씨가 썰매 날을 살펴보며 투덜거렸다.

밀로는 못 들은 체하고, 썰매가 부딪혔던 물건을 보려고 허리를 굽혔다가 깜짝 놀라 다시 보았다.

"아빠, 이거 드는 걸 도와주실래요?"

"뭐 하러?"

"그 아래 있는 것을 보고 싶어요."

파인 씨는 어깨를 으쓱했지만 밀로의 부탁을 들어주었다. 두 사람은 침대 머리판을 겨우 들어 올렸다. 그리고 그것이 있었다. 녹슬고 휘어지고, 여기저기 옛날 옛적에 죽은 담쟁이 몇 조각이 붙어 있었지만, 밀로가 지난 삼 일 동안 곳곳에서 그림으로 보았던 것과 똑같이 생긴 바로 그 철문이었다. 한쪽뿐이긴 했지만, 어쨌든. 클렘이 말한 골동품상은 적어도 반쪽짜리 철문이 어디서 왔는지에 대해서는 진실을 말했다.

밀로는 손을 뻗어 썰매 날에서 떨어진 초록색 에나멜 조각이 달라붙은 곳을 만져 보았다. 철문은 생각했던 것보다 작았다. 밀로의 키만 했다. 밀로는 그림으로 봤던 철문을 보통 방문 크기 정도로 생각했다. 적어도 어른 키만큼은 될 것 같았다. 하지만 여기 있는 것은 집배원이 보도를 지나갈 때 기대어 말을 걸어도 될 정도의 작은 정원 철문이었다. 그럼에도 같은 철문이었다. 같은 철문이어야 했다. 심지어 랜턴을 매달 고리까지 있었다. 히어워드 부인의 가방에 수놓인 철문에서 보았던, 금빛 실매급이 있는 바로 그곳에 말이다.

"밀로, 이제 좀 내려놓자. 무겁다."

파인 씨가 끙끙거렸다.

"아빠, 이 철문은 어디 있었던 거예요?"

파인 씨가 다시 침대 머리판을 내려놓자 밀로가 물었다.

"모르겠구나. 다락과 지하실에 있던 것 같다. 이곳에 있는 물건 절반은 엄마와 내가 이사 오기 전의 것이란다. 왜?"

"우리 집 창문에 숨어 있는 철문이에요. 계단통 창문마다 이 철문이 있어요. 아빠 알아차리지 못하셨어요?"

파인 씨가 상을 찡그렸다.

"나중에 알려 주렴."

"네. 그럴게요."

파인 씨가 전에 스테인드글라스에 철문이 숨겨져 있는 걸 알아차리지 못한 것은 놀라운 일이 아니었다. 밀로 역시 조지의 지도에서 워터마크를 보기 전까지는 알아차리지 못했으니까.

'철문을 찾았어. 철문을 찾았어.'

밀로는 아빠와 함께 썰매 자국을 남기며 걸어가면서 속으로 노래를 불렀다. 철문의 의미를 알고 있는 사람이 있을까? 아니, 무슨 의미가 있기는 할까? 그래도 밀로는 기뻤다. 그것은 그린글라스 하우스 역사의 한 조각이었다. 그 말은 밀로의 역사의 한 조각이라는 뜻이기도 했기에, 모을 수 있는 조각 하나하나가 다 소중했다.

두 사람이 향한 곳은 생추어리 클리프 역 입구가 숨겨진 건물에서 조금밖에 떨어져 있지 않았다. 그래서 먼저 브랜든의 기차 수리가 얼마나 진행되었는지 확인하러 갔다가 썰매 타는 장소로 올라갔다. 깨끗하고 흠 하나 없는 백색의 비탈이었다.

파인 씨 말이 맞았다. 얼어붙은 눈은 완벽했다. 파인 씨는 썰매로 쏜살같이 내려오다가 나무에 부딪히지 않도록 눈을 퍼서 언덕 밑에 방벽을 만들었다. 두 사람은 언덕으로 올라가 내리 달렸고, 눈의 방벽에 부딪혀 썰매가 뒤집혔다. 하늘에서 햇빛이 사라질 때까지 그 과정을 반복하고 또 반복했다. 파인 씨는 집으로 가려고 주머니에서 손전등 두 개를 꺼냈다.

두 사람은 썰매와 삽을 현관에 놓고, 빨갛게 달아오른 얼굴로 눈을 뒤집어쓴 채 싱긋 웃으며 집 안으로 들어갔다.

"좋았어요?"

두 사람이 코트와 부츠를 벗느라 애를 먹는 동안 양손에 김이 모락모락 나는 머그잔을 들고 기다리던 파인 부인이 물었다.

파인 씨가 아내의 뺨에 입을 맞추었다.

"더 바랄 나위가 없었다오. 내 말이 맞지, 밀로?"

"네."

밀로는 머그잔을 받아 들이마셨다. 뜨거운 초콜릿에서 살짝 톡 쏘는 박하 향이 느껴졌고, 위에는 거품 크림이 얹혀 있었다. 집에서 만든 크림인 데다 숟가락으로 듬뿍 올려놓아 녹는 데 시간이 더 걸렸다.

"모든 게 안정적인데, 기차는 여전히 움직이지 않아요. 브랜든의 말로는 밤이 될 거래요."

파인 부인이 파인 씨에게 조용히 말했다.

"그리고 둘이 떠난 직후에 나룻배 선착장에서 답이 왔어요. 내가 신호를 제대로 읽었다면, 문을 닫았지만 나올 사람을 찾고 있는 중이래요. 하지만 날이 어두워지기 전에 답을 보낼 수는 없었어요. 저녁 식사까지 한 시간 정도밖에 남지 않아서."

엄마는 조금 큰 목소리로 덧붙였다.

밀로는 머그잔을 들고 살그머니 크리스마스트리 뒤 동굴로 돌아갔다. 벽에 등을 기대고 커다란 선물 하나에 발을 얹고 핫 초콜릿을 한 모금 마셨다. 불은 타닥타닥 타고 있었고 집 안은 며칠 전처럼 차분했다. 심지어 펜스터조차 (밀로가 조금 왼쪽으로 기대앉으면 가지 사이로 보였다) 자리를 잡고 앉아 있는 듯했다. 펜스터와 리지, 브랜든과 조지는 카드 게임을 하고 있었다. 보아하니 남자 대 여자의 대결이었다. 고워바인 박사는 다시 담배를 피우러 포치에 나갔을 것이다. 방 안에 희미한 파이프 담배 냄새가 남아 있었다. 빈지 씨는 밀로와 아빠가 나가 있었던 시간 내내 움직이지 않은 듯 보였다.

배낭은 여전히 나무 아래에 있었다. 밀로가 엄마 아빠에게 빈지 씨에 대한 의심을 말하려고 달려 나갔을 때 두고 갔던 자리 그대로였다. 밀로는 배낭을 열어 〈재담가의 비망록〉을 꺼내 책장을 휙휙 넘겨 빈지 씨가 아까 언급했던 이야기를 찾았다.

"나는 그 두 가지가 어떻게 서로 연관되는지 말해 줄 수 있는 사람을 아직 발견하지 못했습니다."

설리반이라는 조용한 젊은이가 말하고 있었다.

"하지만 노인들이 스키드랙에 대해 기억하기로는, 미신을 믿는 사람들은 강 수달을 보면 세이시가 두려워 늘 가슴에 십자가를 그었다고 합니다. 물론, 세이시를 정말 만나고 싶다고 생각하는 괴짜 바보 낭만주의자들은 예외였습니다만. 아무튼 세이시는 아름답다고 합니다."

"야, 밀로."

메디가 나무 동굴로 기어들어 왔다.

밀로는 마지못해 책을 덮으며 물었다.

"어디 있었어?"

"모르겠어. 위층에 있었나? 너, 혹시 나 찾고 있었니?"

"꼭 그런 건 아니야."

밀로는 인정했다. 밀로는 뭐랄까, 크리스마스이브의 마법에 걸려 혼자만의 시간을 즐기고 있었다. 썰매 여행(어쩌면 메디에게 같이 가자고 했어야 하지 않았을까, 죄책감이 들었다)에서 엄청난 발견을 했음에도 메디가 무엇을 하고 있었는지 전혀 궁금하지 않았다.

"하지만 있잖아! 철문의 나머지 한쪽 문을 찾았어!"

"철문? 우리 철문? 어디서?"

"창고로 쓰는 건물에서. 뒤쪽에 쌓인 물건들 아래에 묻혀 있는 것을 발견했어. 아빠 말씀으로는 아빠와 엄마가 이곳을 인수하기 전부터 있었을 거래. 클렘이 말한 것과 똑같아. 하지만 아빠는 아무것도 모르신대. 그건 내가 생각한 것보다 작았어. 넌 철문이 뭘 의미하는 것 같아?"

메디는 찬바람이 방 안으로 찌르듯 휘몰아쳐 들어오자 고개를 들어 쳐다보았다. 클렘과 오웬이 산책을 갔다가 방금 돌아온 것 같았다. 만면에 미소를 띠었고 볼은 분홍빛이었다.

"모르겠어. 하지만 그게 거기 있다니 참 좋다."

메디가 말했다.

캐러웨이 부인의 목소리가 부엌에서 울려 나왔다.

"여러분, 저녁 식사해요!"

"내가 또 거실을 맡을게."

밀로가 배낭에 〈재담가의 비망록〉을 집어넣으며 말했다. 그리고 어깨에 가방을 둘러메고 나무 뒤에서 나왔다. 메디가 바로 뒤따라 나왔다. 커피 테이블을 둘러싸고 바닥에 앉아 카드 게임을 하고 있던 사람들은 여전히 게임 중이었다.

"누가 이기고 있어요?"

밀로가 물었다.

"누가 이길 것 같니?"

조지가 즐거운 듯 대답하는 것으로 미루어 밀로는 여자들이 이기고 있을 거라고 추측했다.

메디는 모든 사람을 관찰하다가 마지막으로 음식을 가져오는 걸 좋아했으므로 뒤에서 기다렸다. 밀로와 고워바인 박사가 가장 먼저 식탁으로 갔다.

"가방에서 없어진 것 있어요?"

밀로는 포개 놓은 접시 하나를 들어 올리며 물었다.

"음? 아, 아니, 없단다. 참 이상하지."

고워바인 박사가 말했다.

"세상에 그런 애매모호한 일을 적어 놓은 노트를 훔치는 수고를 왜 했을까?"

"글쎄요."

하지만 틀림없이 도둑은 그런 일들에 관심을 갖고 있었다. 그리고 도둑이 진짜로 흥미를 갖고 있는 것은 그 모든 일에 공통된 것, 바로 그린글라스 하우스 자체임을 밀로는 확신했다.

'도둑'이 아니라 '빈지 씨'라고 밀로는 속으로 정정했다. '관세사'께서는 그린글라스 하우스와 밀수와의 연관성을 알아내려고 이 집과 역사에 대해 가능한 한 많은 정보를 찾으려는 걸까? 아니면 뭔가가 더 있는 걸까?

"젊은이, 오늘 저녁 이야기를 하라는 재촉을 들을 수도 있어요. 젊은이 아니면 빈지 씨일 거라는 생각이 드는데."

식당 탁자의 줄에 선 히어워드 부인이 옆에 있던 오웬에게 미소 지으며 말했다.

오웬이 미소 지으며 대답했다.

"최소한 그 정도는 해야지요. 모두들 너무 잘 대해 주시는걸요."

"나도 하나쯤은 할 수 있을 것 같습니다."

"우리 모두 너무 기대가 되네요, 빈지 씨."

밀로 엄마가 말했다.

"맞아요."

브랜든이 감자 그릇에 손을 뻗으며 동의했다. 가볍게 하는 소리처럼 들렸지만 말에 뼈가 있었다.

"이야기를 들려주세요, 빈지 씨. 이야기를 더 빨리 들을 수 있도록, 저녁 식사가 끝나고 설거지를 돕겠습니다."

빈지 씨는 미소를 지었다. 밀로는 그 미소가 정말로 냉랭한 건지 아니면 그렇게 생각했기 때문에 차가워 보이는 것인지 알 수 없었다.

"더 좋은 제안이 있습니다, 레비 씨. 지금 당장 시작하면 어떻겠습니까?"

"어, 좋습니다. 멋진데요."

브랜든이 경계를 풀지 않고 말했다.

"매우 흥미롭게도 우리는 이번 주에 독 홀리스톤에 대한 이야기를 벌써 두 가지나 들었습니다."

빈지 씨는 앞쪽 탁자에 팔꿈치를 기대고, 손가락을 뾰족하게 모아 턱밑에 두었다.

"물론 홀리스톤은 내가 젊었을 때 위대한 밀수업자 중 한 사람이었습니다. 그리고 디콘 앤 모어벤가드를 애먹이고, 또 당연히 시의 관세사들을 애먹이는 대단히 유명한 사람이었지요."

펜스터가 접시에 음식을 담다가 날카로운 눈으로 쳐다보았다.

"두 가지 이야기라니요? 내 기억으로는 어젯밤 들었던 창문 제작자에 대한 이야기 하나인데."

펜스터가 물었다.

"거, 펜스터 씨에 대한 이야기 말입니다."

빈지 씨가 놀란 얼굴로 말했다.

"파인 부인이 펜스터 씨가 독 홀리스톤과 아들의 유령을 보았다는 이야기를 했다고 하지 않던가요?"

펜스터가 긴장을 풀었다.

"아, 맞습니다. 들었는데, 깜박했습니다. 부인이 틀리게 이야기를 하긴 했지만요."

펜스터는 파인 부인을 향해 말을 덧붙였다.

"하지만 그건 별 의미가 없다고 생각합니다. 방해해서 죄송합니다, 빈지 씨. 계속하시지요."

빈지 씨는 잠시 눈을 가늘게 뜨고 펜스터를 바라본 다음 이야기를 계속했다.

"디콘 앤 모어벤가드는 홀리스톤을 최우선 표적으로 삼았다고 합니다. 그래서 이 도시에는 이미 다른 어느 도시보다 더 많은 관세사들이 있었지요."

"정말 그렇습니다."

펜스터가 중얼거렸다. 옆에 서 있던 브랜든이 긴 다리 하나를 움직였다. 겉보기에는 완벽하게 악의 없는 동작이었다. 펜스터는 비명을 질렀다. 브랜든이 탁자 밑으로 걷어찬 것이 틀림없었다.

"미안합니다."

펜스터가 중얼거렸다.

"아무튼 그런 말이 돌았지요. 모두 알고 있었습니다. 꼭… 아시다시피, 꼭 러너들만 알고 있던 건 아닙니다."

펜스터가 방어적으로 덧붙였다.

밀로는 속으로 움찔했다. 그린글라스 하우스에 상주하는 나머지 사람들, 즉 밀로의 엄마 아빠, 리지, 캐러웨이 부인, 브랜든 역시 똑같이 움찔했을 거다. 밀수업자들만이 서로를 러너라고 불렀다.

"닥쳐."

브랜든이 이를 악물고 말했다. 그리고 빈지 씨에게 고개를 끄덕였다.

"계속하시지요."

그때까지 아무도 식당을 떠나지 않았으므로 밀로는 접시를 카운터로 가지고 갔다. 그곳엔 메디가 뷔페의 마지막을 기다리며 굳은 자세로 앉아 있었다.

"펜스터는 곧 정체를 드러내고 말 거야. 언제냐가 문제지."

밀로가 중얼거렸다. 메디는 세게 고개를 끄덕였지만 아무 말도 하지 않았다. 표정이 돌처럼 굳어 있었다.

그러는 사이에 창가의 작은 탁자에서는 빈지 씨가 묘한 미소를 짓고 있었다. 펜스터의 실수를 알아차린 건지 아닌지는 말하기 어려웠다. 빈지 씨는 헛기침을 하고 말을 이었다.

"모두들 잘 알고 계시겠지만 독 홀리스톤은 아주 여러 해 동안 정체를 숨기고 지냈습니다. 그가 살해당한 바로 그 주에야 모두들 그가 누구인지 확실하게 알게 되었지요."

펜스터가 상을 찡그렸다. 밀로는 펜스터가 뭔가 어리석은 말을 하려 한다는 것을 알 수 있었다. 게다가 무슨 말을 할지도 알 것 같아서 밀로가 먼저 목을 가다듬고 말을 꺼냈다.

"많은 사람이 알았을 거예요. 예를 들어 선원들. 또 그와 거래를 했던 사람들 모두. 다만, 절대 그에 대해 알려 주지 않았을 뿐이죠. 그러니까 세관이나 관세사들은 몰랐다는 말씀이신 거죠."

펜스터가 만족스럽게 고개를 끄덕였다.

"맞는 말이다."

빈지 씨가 약간 센 어조로 말했다.

"법을 지키는 시민들은 몰랐지. 범죄자들은 분명 자신들을 보호할 테니까. 맞아. 아는 사람들은 많았다. 나서지 않았지만."

순간 모두들 몸이 굳었고, 식기들의 소리가 잠잠해졌다. 심지어 침착한 클렘과 고상한 히이워드 부인조차 빈지 씨가 '범죄자'라고 발음할 때의 거친 어조에 긴장한 듯 보였다. 브랜든은 펜스터와 눈이 마주지자 경고하며 가볍게 고개를 저었다. 밀로의 엄마 아빠는 아주, 아주 불편해 보였다.

'범죄자들은 분명 자신들을 보호할 테니까.'

밀수업자들을 여관에 묵게 한 것도 범죄자들을 보호하는 것으로 여기고 있을까?

빈지 씨의 딱딱한 표정으로 미루어 틀림없이 그렇게 생각하는 듯했다.

밀로가 보기에 넉스피크 사람들 대부분은 솔직히 관세사나 디콘 앤 모어벤가드보다는 밀수업자 편이라고 느꼈다. 하지만 빈지 씨는 아마도 그 대부분에 속하는 사람이 아닐 것이다.

"디콘 앤 모어벤가드를 담당하는 관세사는 마침내 목숨을 걸고 증거를 제출할 선원 한 사람을 찾아냈고, 얼마 되지 않아 진실을 발견했습니다."

빈지 씨가 말을 이었다.

"반쯤 죽을 정도로 두들겨 맞은 뒤에 증거를 제출했다는 말씀이겠지요."

이번에 말한 사람은 펜스터가 아니라 고워바인 박사였다. 빈지 씨가 날카로운 눈으로 박사를 바라보자 박사는 도전적인 시선으로 맞받았다.

"아, 전 십오 년 동안이나 독 홀리스톤 사건을 연구했습니다. 디콘 앤 모어벤가드가 선원 일을 처리한 뒤에 찍힌 선원 사진을 본 적이 있습니다. 그 가난한 선원이 디콘 관세사들에 시달린 뒤 받은 모든 의료비 청구서 비용을 밀수업자 공동체가 돈을 마련해서 지불했지요. 그 자체가 선원이 정보 때문에 고문을 당했다는 증거 아니겠습니까."

"정말 많은 것을 아시는군요?"

빈지 씨가 무심하게 물었다.

'위험해. 지금 무슨 일이 벌어지고 있어.'

밀로는 깨달았다.

"메디?"

밀로가 속삭여 불렀다. 하지만 메디는 돌이 된 듯 꼼짝도 않고 여전히 빈지 씨를 응시하고 있었다.

"무슨 말을 하려는지 듣고 싶어."

메디가 무섭게 말했다. 메디의 말투에서 느껴지는 뭔가가 밀로를 움찔 놀라게 했다. 방 안의 다른 사람들도 역시 움찔 놀랐다. 아마 메디는 밀로 외에는 그 누구에게도 그렇게 크게 또는 위압적으로 말한 적이 없기 때문일 것이다. 심지어 빈지 씨조차 순간 얼굴에 이상한 표정을 담고 쳐다보았다. 어쩌면 사람들이 주춤한 이유는 메디의 말 때문이 아니라 식당을 스치고 지나가는 갑작스런 냉기 때문일 수도 있었다. 마치 어딘가 창문이 열려 날카로운 돌풍이 들어온 것 같았다. 하지만 열린 창문은 없었고 현관문 역시 굳게 닫혀 있었다.

"사람들에게 말해."

메디는 더 조용하게 밀로에게 말했다.

"너도 듣고 싶다고."

뭐가 뭔지 혼란스러웠지만 밀로는 메디 말대로 했다.

"빈지 씨 이야기를 듣고 싶어요. 이야기를 끝내 주세요."

빈지 씨가 오랫동안 밀로를 바라보았다. 밀로 역시 조금 도전적인 시선으로 맞받아 응시했다.

"어서요."

"그 밀수업자는 관세사에게 지도를 보여 주었지요."

빈지 씨가 밀로의 시선을 잡으며 천천히 말했다. 밀로는 침을 꿀꺽 삼켰다. 다음 이야기가 무엇인지 확실해졌다.

"독 홀리스톤의 다음 선적물이 숨겨진 세부사항이 표시된 지도였는데, 깊이 180미터 미만의 수역처럼 보이는 일군의 점들로 암호화되어 있었지요."

빈지 씨는 미소 지었다. 잔인한 미소였다.

"무기 수송물이 독 홀리스톤의 배, 알바트로스에 실려 일주일 후에 도착할 예정이었답니다."

메디의 손가락이 밀로의 팔에 파고들었다.

"거짓말. 독 홀리스톤이 절대 무기를 거래하지 않는 건 누구나 알고 있었소!"

펜스터가 항변했다.

"밀수업자는 다들 이렇게 저렇게 무기를 거래합니다."

빈지 씨가 여전히 밀로를 바라보며 말했다.

"모, 두, 다, 독 홀리스톤은 특히 그랬습니다."

"거짓말!"

펜스터가 으르렁거렸다.

빈지 씨가 빙긋 웃었다.

"왜 모든 사람이 홀리스톤을 쫓았다고 생각하십니까? 책을 밀수해서? 검은 아이리스 구근을 밀수해서? 도시에 별 의미 없는 자잘한 장신구라든가 무중력 펜 같은 것들을 들여와서? 그런 건 아무도 신경 쓰지 않습니다."

이번에는 조지가 코웃음을 쳤다.

"디콘 앤 모어벤가드는 신경 썼지요. 그들은 별 이익이 안 되는 일에만 신경을 쓰니까요."

"맞습니다! 아, 나 좀 그만 때려."

펜스터가 브랜든에게 벌컥 화를 냈다. 브랜든은 여전히 펜스터가 말을 하지 못하도록 애를 쓰고 있었다.

"저 사람은 독 홀리스톤이 무기를 거래했다고 말하는 거짓말쟁이야. 독 홀리스톤은 절대 그러지 않았어. 단 한 번도."

또 한 번 싸늘한 냉기 한 조각이 방 안을 찌르듯 지나갔다.

"난 저 사람 이야기를 듣고 싶어!"

메디가 으르렁댔다.

"그렇게 말해."

메디가 밀로에게 식식댔다. 메디의 목소리에 담긴 분노가 밀로를 놀라게 했다.

"빈지 씨 이야기를 듣고 싶어요."

밀로가 겁먹은 어조로 반복했다.

빈지 씨는 커피를 한 모금 마시고 신중하게 말을 꺼냈다.

"모든 노력에도 불구하고 조사를 하던 관세사들은 좌절했습니다. 누군가 홀리스톤에게 귀띔을 해 주었을 테고, 만약 기적적으로 도주하지 못했다면 홀리스톤은 전설적인 존재가 아닐 것입니다. 이번에도 그렇게 빠져나갔습니다. 그건…."

빈지 씨는 고개를 흔들며 넌더리가 난다는 뜻의 소음을 발했다.

"아무튼, 대단했습니다. 그리고 밀수업자들은 화물과 함께 도망쳤습니다."

"그건 동 파이프였소."

펜스터는 브랜든과 밀로 엄마 아빠가 내는 경고의 소리를 무시하며 으르렁거렸다.

"왜냐하면 그 극악무도한 카탈로그에서 가격을 인상한 덕분에 물건이 부족했기 때문이지. 그리고 키사이드 도급업자들은 아무도…."

빈지 씨가 펜스터의 말을 가로막았다.

"작은 생쥐처럼 달아나 버렸…."

"당신은 그저… 그만 좀 때려, 브랜든!"

펜스터가 외쳤다.

"그렇게 그 일화는 끝났을지 모릅니다. 한 가지만 아니었다면."

빈지 씨는 차분하게 커피를 또 한 모금 들이키며 말을 이었다.

"생쥐들은 사라졌지만, 우두머리 쥐를 잡을 기회는 여전히 남아 있었습니다. 담당 관세사는 독 홀리스톤이 종이에 쓰는 행위를 질색하며 피했을 거라고 확신했지요. 그리고 홀리스톤이 매우 드물지만 펜과 종이를 써야 할 때면 자신이 썼음을 증명할 어떤 표식을 남겼을 거라고 추측했지요. 그래서 동료들이 무기 은닉 장소를 급습할 준비를 하느라 바쁠 때 그 관세사는 지도에 주의를 돌렸고, 마침내 워터마크를 발견했습니다. 종이가 얼마나 오래 되었는지를 파악한 관세사는 그만큼 연배가 높고 덕망 있는 제지 업자를 찾아가게 되었지요. 그리고 거기서 지은 지 이백 년이 된, 당시에는 마이클 위처라는 남자의 소유인 집에 이르렀습니다. 위처는 다락방에 보관되어 있던 오래된 종이를 발견했던 것입니다."

조지의 말에 따르면, 클렘이 랜스디가운 이름을 쫓아 그린글라스 하우스까지 온 것과 거의 같은 방식이었다. 밀로는 빨강 머리 클렘을 흘낏 보았다. 얼굴이 죽은 사람처럼 창백했다. 한편 빈지 씨는 호주머니에서 접힌 갈색 종이 한 장을 꺼내 펼쳤다. 밀로는 풀이 죽었다. 네그렛과 시린이 엠포리움에서 워타마크 종잇조각과 함께 발견했던, 럭스미스 제지 상회의 포장지였다.

'그런데 난 조지의 해도를 저 사람에게 보여 주었지.'

빈지 씨 말이 옳다면 독 홀리스톤 자신이 직접 해도를 만들었을 것이다. 밀로는 여전히 가슴에 걸치고 있는 가방을 강하게 의식했다. 저녁 식사를 하는 동안 손님들을 관찰하기 위해 크리스마스트리 뒤에서 가지고 나왔지만, 지금은 정말 숨기고 싶었다.

"이제 급습 이야기로 돌아가 봅시다. 홀리스톤은 알고 있었겠지만,

그것은 세관 측의 또 다른 실패한 시도에 불과했습니다. 선원 한 사람이 도와주기로 한 사실은 아직 극비였지요. 워터마크를 발견한 관세사는 체포될 때가 가까워지면 독 홀리스톤이 추적자들을 교란시켜 놓고 잠적해 버릴 거라고 추측했습니다. 홀리스톤으로서는 자신의 정체가 위태롭다고 의심할 이유는 없었지요. 그래서 그 관세사는 나머지를 급습에 맡기고 위대한 밀수꾼이 진정한 피난처로 돌아오기를 기다렸습니다."

빈지 씨는 말을 멈추고 극적으로 방 안을 둘러보았다.

"바로 강이 내려다보이는 언덕에 높이 서 있는, 스테인드글라스로 가득한 집이었지요."

밀로 옆에서 메디는 숨을 죽이고 있었다. 메디의 손가락은 여전히 밀로의 팔을 파고들었다.

"그리고 그곳은 독 홀리스톤이 거의 잡힐 뻔했던 장소인 동시에 낵스피크로 가지고 온 화물 가운데 가장 중요한 것을 숨겨 둔 장소입니다. 나머지 화물과 마찬가지로 무기지만, 전설적이고, 치명적이며, 믿기지 않을 만큼 강력한 무기였습니다. 낵스피크시가 밀수업자의 수중에 있도록 허용할 수 없을 뿐더러 시에서 백 년 넘게 찾고 있었던 물건이었습니다."

"독 홀리스톤은 절대 무기를 취급하지 않았소. 절대로!"

펜스터가 울부짖었다.

"펜스터!"

브랜든은 자신을 위해서라도 펜스터를 바닥으로 쓰러뜨려 입을 막아야 할지 아니면 잠시 의식을 잃도록 때려눕혀야 할지 고민하는 것처럼 보였다. 브랜든은 파인 씨를 흘낏 보았다. 하지만 파인 씨가 말을 꺼내기도 전에 펜스터가 비틀비틀 탁자를 돌아가서는, 빈지 씨의 무표정한 얼굴을 손가락으로 가리키며 내뱉었다.

"관세사 자식들은 늘 급습을 할 때면 무슨 괴상하고 치명적인 무기를 이유로 들었지만 한 번도 사실인 적이 없었소. 늘 거짓말이었소! 늘 러너들을 공격하는 구실이었어. 당신이 말하는 무기는 절대 존재하지 않았소. 설령 그런 것이 있다 해도 독 홀리스톤은 절대 가까이 가려고도 하지 않았을 거요. 내 말 듣고 있소? 절대로! 그는 애국자였소. 변화를 믿었지만 무기가 답이라고 생각하지 않았소. 그런데 뭐라고!"

펜스터는 떨리는 손을 호주머니에 밀어 넣고 격하게 마른 침을 삼켰다. 다시 말을 시작했을 때는 목소리가 떨렸다.

"만약 홀리스톤이 무기 밀수에 동의했다면 얼마나 많은 돈을 벌었을지 알아? 부탁한 사람이 아무도 없었을 것 같아? 사람들은 그를 고용해서 총기와 폭발물, 전투 기구들을 밀수하려고 애를 썼소! 하지만 그는 늘 언, 제, 나, 안 된다고 말했소."

파인 부인은 가볍게 몸을 떨고 있는 밀수업자에게 다가가 어깨를 팔로 감싸 안았다.

"펜스터… 펜스터, 이리 와요."

펜스터는 밀로 엄마를 뿌리치려고 했지만, 이제 브랜든과 파인 씨 역시 부인과 합세해 펜스터를 막았다. 세 사람은 가까스로 펜스터를 빈지 씨로부터 떼어 내 칸막이가 되어 있는 포치로 데리고 갔다. 밀로는 거실 스테인드글라스 창문을 통해 펜스터가 쪼그리고 앉아 머리를 두 손에 떨구는 어두운 모습을 알아볼 수 있었다. 파인 부인이 펜스터 옆에 웅크리고 앉아 펜스터의 어깨를 팔로 얼싸안았다.

메디가 밀로의 팔을 훨씬 세게 눌렀다. 밀로는 메디의 손톱이 자신의 피부를 자르는 것 같았다. 밀로가 막 메디가 시킨 말을 반복하려는데, 조지 모셀이 입을 열었다.

"빈지 씨는 대단한 이야기꾼이로군요."

조지가 화난 목소리로 말했다.

"저 불쌍한 사람을 자극하려는 건가요?"

"불가피한 불쾌함이죠."

빈지 씨는 태평하게 말하며 의자에 등을 기댔다.

"저 사람들이 돌아오면 이야기를 마치겠습니다."

"우린 충분히 들었다고 생각합니다."

고워바인 박사가 툴툴대며 포치를 향해 성큼성큼 걸어갔다.

"난 압니다. 독 홀리스톤은 총기 밀수업자가 아니었고, 무기 장사꾼도 아니었습니다. 모두가 그 사람을 영웅이라는 데 동의하는 건 아니겠지만, 나는 그가 영웅이었다고 생각합니다. 그러나…"

"앉으시죠, 고워바인 박사."

빈지 씨의 얼굴은 감정이 드러나 있지 않았지만 그의 말투는… 부탁이 아니었다. 명령이었다.

"앉으시죠."

빈지 씨가 말했다. 고워바인 박사가 놀라서 바라보았다. 빈지 씨는 일어서서 주머니에 손을 넣어 접혀 있는 네모난 가죽 지갑을 꺼내더니 황동색 배지가 드러나도록 홱 젖혀서 식탁 위 두 개의 서빙 접시

사이에 가볍게 던졌다.

"그게 뭐지요?"

히어워드 부인이 눈을 가늘게 뜨고 배지를 바라보며 물었다.

"세관 대리 신분증이에요."

조지가 차갑게 말했다. 조지는 빈지 씨를 쳐다보며 물었다.

"그거 진짜인가요?"

"아까 카펫 밑에 숨겨져 있던 관세사 서류를 발견했어요."

밀로가 빈지 씨를 노려보며 조용히 말했다.

"빈지 씨가 우리를 가뒀던 방에서 아빠가 꺼내 준 직후에요."

"그래, 맞다. 넌 나보다 숨바꼭질을 잘하더구나."

관세사가 톡 쏘았다.

"우리 모두 네가 매우 자랑스러울 거야."

옆문이 열리고 파인 씨가 성큼성큼 식탁으로 건너왔다.

"이게 뭡니까? 개인적으로 의논하고 싶은 게 있으십니까?"

파인 씨가 물었다.

"개인적으로는 아닙니다."

빈지 씨가 대답했다.

"앉으시죠, 파인 씨."

"괜찮습니다."

밀로 아버지가 딱 잘랐다.

"우리, 이야기 좀 하십시다. 선생하고 저하고."

빈지 씨가 가죽 지갑 안에 들어 있는 배지에 손가락을 놓고 파인 씨를 향해 돌렸다.

"앉으라고 말씀드렸습니다. 모든 분과 할 말이 좀 있습니다. 주인장과 아내분, 그리고 밖에 있는 펜스터를 포함해서요."

문이 다시 열렸다. 파인 부인이 문간에 머뭇거리며 서 있었다. 밀로는 무슨 일이 벌어지는지 알 것 같았다. 펜스터가 다시 안으로 들어오기 전에 아버지는 빈지 씨가 자리를 비키도록 하려고 들어왔던 거다. 할 수만 있다면 빈지 씨와 펜스터를 같은 공간에 함께 두지 않으려 했던 것이다.

불행하게도 빈지 씨는 다른 생각이 있는 것 같았다. 빈지 씨는 파인 씨와 파인 부인이 주고받는 시선을 무시하고 거실로 성큼성큼 들어가 포치에서 미친 듯이 서성이고 있는 펜스터를 불렀다.

"펜스터! 나를 위해 확인해 줄 게 있소이다."

펜스터가 밀로의 엄마를 밀며 방으로 들어왔다.

"당연히 그렇게 해 드리지, 거짓말쟁이 자식."

"당신은 파인 부인이 당신의 유령 이야기를 틀리게 받아들였다고 했는데, 그게 무슨 뜻입니까?"

밀수업자는 걸음을 멈추고 상을 찡그렸다.

"그게 당신한테 무슨 문제요?"

빈지 씨가 어깨를 으쓱하며 말했다.

"당신은 나를 거짓말쟁이라고 합니다. 내가 잘못 알았다면 내 잘못을 고치도록 도와주시죠. 파인 부인이 당신의 유령 이야기를 잘못 들은 부분은 무엇입니까? 혹시 당신이 독 홀리스톤 수배 전단지를 보았기 때문에 그를 알아보았다고 말한 부분이었습니까? 당신은 홀리스톤과 함께 배를 탔기 때문에 그를 알아봤던 것 아닙니까? 그 부분이 틀렸습니까?"

밀수업자는 두 손을 불끈 쥐었다.

"펜스터."

파인 부인이 펜스터의 팔에 손을 올려놓으며 속삭였다.

펜스터는 부인의 손을 뿌리쳤다. 잠시 빈지 씨를 벌건 얼굴로 응시했다. 그러다가 긴장이 사라졌는지 펜스터는 실제로 싱긋 웃었다.

"아닙니다."

펜스터는 손을 호주머니에 넣으며 말했다.

"아닙니다. 그 부분이 아닙니다. 부인은 내가 독 홀리스톤의 아들을 보았다고 했는데, 모두들 알다시피 독 홀리스톤에게는 딸 하나가 있었습니다. 애디라고 하는 딸이었지요."

펜스터는 파인 부인을 부드럽게 팔꿈치로 쿡 찌르며 말했다.

"꽤 바보 같은 실수였어요."

여전히 미소를 지으며 펜스터는 눈에 도전적으로 번득이는 빛을 담고 빈지 씨를 바라보았다.

"노라가 틀린 건 그게 다입니다. 고맙게도."

빈지 씨가 억지 미소로 답했다.

"그렇습니까. 깔끔하게 확인해 주셔서 고맙습니다. 하지만 아직 한 가지가 더 남았습니다. 당신이나 우리의 용감한 손님들께서 확인해 주셔도 좋습니다. 분명 여러분 가운데 한 사람은 답을 알 것입니다. 나는 이 게임을 끝내고 싶습니다."

한참 동안 아무도 움직이지 않았다. 파인 부인이 앞으로 나서서 팔짱을 끼고 말했다.

"설명 좀 해 주시죠, 빈지 씨. 내 손님과 가족들에게 명령을 하는 이유가 뭐죠? 말이 났으니 말인데, 왜 내 손님에게서 물건을 훔치고 왜 내 아들을 방에 가둔 거죠?"

파인 부인이 딱 잘라 말했다.

"사실, 설명할 필요도 없습니다. 그냥 짐을 싸서 떠나십시오. 날씨와 어떻게 싸울지는 스스로 알아내시고요."

빈지 씨가 킬킬 웃었다.

"아니, 아니, 파인 부인. 이 순간 이 집에서 법을 대표하는 사람은 바로 접니다. 그러니 명령을 내리는 것도 접니다. 부인에게 요구하는 바는 이렇습니다. 독 홀리스톤의 마지막 화물이 이 집 어딘가에 있는데, 부인이나 남편 또는 펜스터는 그것이 무엇이며 어디 있는지 알 겁니다. 분명 홀리스톤의 유산은 이곳에 건재합니다. 아니라면 부인 아드님이 그 워터마크가 있는 지도를 들고 돌아다니지 않았을 테니까요. 특히 알바트로스가 그려진 지도로면 더더욱 우연일 리 없죠. 그런 지도는 아무데서나 볼 수 있는 게 아니지 않습니까?"

조지가 헉 하고 숨을 쉬었다.

"아니, 아녜요. 그 지도는 내가 가져왔어요! 내가 밀로에게 준 거예요!"

조지가 항변했다.

"화물은 이곳에 있습니다!"

빈지 씨가 으르렁댔다.

"난 그것 없이 떠날 생각은 없습니다. 나는 거의 사십 년 동안 독 홀리스톤에 관한 책을 덮을 날을 기다려왔습니다. 그 화물을 손에 넣으면 떠날 겁니다. 그 전에는 아닙니다."

"밀로."

메디가 속삭였다.

"도망칠 준비해."

"뭐?"

"내 말 못 들었어?"

메디가 식식대며 대답했다.

"내가 말하면 계단을 향해 달려. 밖은 말고. 밖은 숨을 수 없어. 몸이 얼어 버릴 거야. 계단을 향해 뛰어가. 빨리 달려서 엠포리움으로 가."

밀로는 도대체 무슨 말인지 모르겠다고 말하려는데, 파인 부인이 격분해서 떨리는 목소리로 먼저 말했다.

"빈지 씨, 당신은 법이 아닙니다. 그리고 당신은 떠나야 합니다."

"내가 직접 당신을 밖으로 던져 버리겠소."

브랜든이 으르렁거리며 성큼 앞으로 나섰다.

그리고 두 가지 일이 동시에 벌어졌다. 빈지 씨는 조끼에서 권총을 꺼내 브랜든을 겨누었고, 낯선 두 남자가 현관문을 통해 집 안으로 뛰어들었다.

"뛰어!"

메디가 외쳤다. 밀로는 벤치에서 몸을 날려 계단을 향해 질주했다.

'미풍의 통로. 당신의 발은 당신을 바람처럼 신속하고 보이지 않게 이동시켜 준다.'

밀로는 무작정 생각했다.

"멈춰!"

빈지 씨가 으르렁거렸다.

"저 아이를 이리 데려와!"

낯선 두 남자가 뛰어오르며 밀로와 메디를 쫓아왔다. 하지만 두 남자가 방을 가로지르기 전에 클렘이 움직였다. 쿵푸 영화에 나오는 동작으로 클렘은 세 걸음을 내딛어 벤치에서 식당과 부엌을 나누는 카운터 구석으로 갔다. 몸을 회전시켜 밀로를 쫓는 두 낯선 남자들 중 더 가까이 있는 남자에게 일직선으로 날아갔다. 순식간에 남자는 쓰러졌고 클렘은 그 위에 서 있었다.

오웬은 클렘 같은 곡예 기술은 없었지만 클렘보다 단 몇 걸음밖에 늦지 않았다. 두 번째 낯선 남자가 막 클렘을 움켜잡으려 할 때 오웬이 태클을 걸었다. 밀로와 메디는 계단에 이르렀고, 첫 번째 층계참으로 올라섰다.

그 순간 아래층에서 폭발음이 울렸다. 밀로는 휘청거렸다.

"저건…."

메디가 밀로의 옷깃을 움켜쥐고 앞으로 던졌다.

"계속 가."

밀로는 시키는 대로 전력 질주해서 엠포리움으로 들어가는 문의 녹색 유리 손잡이를 돌렸다. 밀로는 문턱에 걸려 넘어졌고 먼지투성이 바닥에 널브러졌다. 메디가 뒤에서 문을 쾅 닫았다. 첫 번째 전구가 식식거리며 살아났다.

그제서야 밀로는 총을 든 남자가 있는 거실에 엄마 아빠를 남겨둔 채 그냥 도망쳤음을 깨달았다.

"우리가 들은 게 총소리였지?"

밀로는 배낭을 벗어던지며 울음을 터뜨렸다.

메디가 밀로 옆에 쭈그리고 앉아 밀로의 어깨를 토닥였다.

"기운 내, 밀로."

메디는 그 말과 어울리지 않게 위로하는 말투로 말했다.

"네 엄마 아빠는 네가 총에서 비켜나 있기를 바라셨을 거야."

"난… 난 엄마 아빠를 거기 두고 왔어."

밀로가 더듬거렸다.

"그냥 두고 왔어! 만약… 만약…"

"빈지는 네 엄마 아빠가 다치는 걸 원하지 않아."

메디가 한숨을 쉬며 말했다.

"그자를 알아봤어야 했는데."

메디가 비통한 어조로 덧붙였다.

"알았어야 했는데."

밀로가 눈을 닦았다.

"뭘 말이야?"

"그자가 디콘 앤 모어벤가드 사람이라는 것. 꼭 관세사처럼 생겼잖아."

밀로는 그 말이 무슨 뜻인지 확신하지 못했지만 메디의 얼버무리는 어조 때문에 울음을 멈추었다.

"넌 그자를 알아봤어야 한다고 했지."

밀로는 일어서며 천천히 말했다.

"알아봤어야 할 이유가 뭔데?"

"내 말은…."

"게다가, 너 그 사람이 말할 때 정말 이상하게 굴더라."

밀로는 메디를 유심히 바라보며 말을 이었다.

"뭔가가 있어. 나한테 말하지 않는 뭔가가. 그 사람을 알아봤어야 할 이유가 뭐야?"

메디는 팔짱을 끼고 한참을 생각했다.

"내가 하려는 말은 미친 소리로 들릴 거야. 하지만 날 믿어야 해, 알았지?"

밀로는 어깨를 으쓱하고 기다렸다. 마침내, 메디가 한숨을 쉬며 말했다.

"그는 자신의 이야기를 했어. 그가 이야기에 나오는 관세사야."

메디가 말했다.

"그 일은 이 집에서 일어났어. 지금은 그때보다 훨씬 늙었지. 그래서 알아보지 못한 거야. 하지만 그 사람이야."

메디는 마치 빈지 씨가 맞은편에 서 있기라도 한 듯이 증오에 차서 다락방 문을 가리켰다.

"그자는 독 홀리스톤을 잡았어. 그리고 홀리스톤의 죽음에 책임이 있기도 해."

'나는 거의 사십 년 동안 독 홀리스톤에 관한 책을 덮을 날을 기다려왔습니다.'

빈지 씨의 말을 곱씹어 보니 분명 메디 말이 맞는 것 같았다. 그러나….

"어떻게 그렇게 확신할 수 있어?"

밀로가 눈을 크게 뜨고 물었다.

"어떻게 알 수 있는데?"

메디는 꿀꺽 침을 삼켰다. 모든 침착함과 분노가 사라졌다. 메디는 다시 침을 삼켰다. 밀로는 메디가 막 울려고 하는 것을 깨달았다.

"내가 보았으니까."

메디가 속삭였다.

"내가 그자를 보았어. 독 홀리스톤과 함께. 내가 거기 있었거든."

"그건 불가능해."

밀로는 혼란스러웠다.

"그건 삼십 년 전 일이야, 메디."

메디가 약하게 미소 지었다.

"두 가지가 틀렸어, 밀로. 첫째, 그건 삼십사 년 전 일이었어. 둘째, 내 이름은 메디가 아니야. 시린도 내 진짜 이름이 아니야."

밀로는 입을 벌렸다가 다시 다물었다.

"메디. 메들렌이나 뭐 그런 이름을 줄인 거 아냐?"

"캐러웨이 부인의 딸 이름이 메디잖아."

메디가 찬찬히 말했다.

"네가 지난 며칠 동안 캐러웨이 부인의 딸 메디와 놀았다고 말하면 모두들 네가 돌았다고 생각할 거야. 메디 캐러웨이는 여기 오지 않았어. 온 적도 없고. 하지만 캐러웨이네가 도착한 것과 거의 같은 때 내가 나타나니까, 넌 내가 메디인 줄 알았지. 난 네 생각을 굳이 바로잡아 주지 않았고."

메디는 머리를 긁적였다.

"난 네가 누군가에게 내 이야기를 해서 내가 지금 이렇게 설명하는 일이 없을 줄 알았어. 그런데 넌 아무에게도 이야기하지 않더라."

그러자 모든 의문이 다 풀렸다. 충격을 받고 빤히 메디를 쳐다보던 밀로에게 일련의 기억들이 번개처럼 스치고 지나갔다.

'다락과 지하실에 있던 것 같다. 이곳에 있는 물건 절반은 엄마와 내가 이사 오기 전의 것이란다.'

'롤플레잉 게임-aw.'

'부인은 내가 독 홀리스톤의 아들을 보았다고 했는데, 모두들 알다시피 독 홀리스톤에게는 딸 하나가 있었습니다. 애디라고 하는 딸이었지요.'

'우리는 그대를 잘 모르지만 애디여….'

"넌… 애디 위처구나."

밀로가 천천히 말했다.

메디가 머뭇거리며 미소 지었다.

"난 정말로 애디란 이름을 좋아하지 않았어. 난 뭐랄까, 메디가 좋아졌어. 익숙해졌거든."

"그럼 독 홀리스톤이… 네 아빠야?"

메디가 흔들림 없는 시선으로 바라보며 고개를 끄덕였다.

밀로도 멍한 기분으로 고개를 끄덕여 답했다.

"넌 삼십 몇 년 전에 아빠가 빈지 씨에게 잡히는 것을 보았고?"

"삼십사 년 전이야. 거의 정확히."

메디는 일그러진 미소를 지었다. 그런 다음 호주머니에 손을 넣고 발을 내려다보았다. 처음으로 메디, 아니 애디가 아주아주 어리게 보였다.

머리가 빙빙 돌았다. 학교에서 배운 수학은 별 도움이 되지 않았다.

"하지만 넌 별로 나이가 많아 보이지 않아. 내 또래로 보여."

"네 나이였어."

메디, 애디가 찬찬히 말했다.

"삼십사 년 전에."

'애디여 편히 잠들라.'

엄마의 이야기에서 독 홀리스톤의 아이는 유령이었다. 그리고 펜스터는 아이가 여자애라는 것을 제외하면 나머지는 사실이라고 했다.

"너, 유령이야?"

밀로는 중얼거렸지만, 감히 자신의 말을 믿지 못했다.

"삼십사 년 전."

메디가 한쪽 신발 끝을 다른 쪽 신발의 뒤꿈치에 문지르며 부드럽게 반복했다.

"나는 그날을 절대 잊지 않을 거야. 알다시피, 바로 그날, 내가 죽었기 때문이야."

제 1 3 장

전투

둘은 서로를 응시했다. 밀로는 웃어넘겨야 할지 믿어야 할지 마음을 결정할 수 없었다. 믿는 쪽으로 결정한다면 기겁할 수밖에 없었다. 메디는 밀로가 자신의 이야기를 믿지 않을 것을 알면서도, 어쩌면, 아주 어쩌면, 뜻밖의 결정을 할지도 모른다는 아주 작은 희망을 붙들고 있는 것처럼 보였다.

"증명할 수 있어?"

밀로가 물었다.

메디는 한숨을 쉬었다.

"네가 필요하다면."

그리고 아무 말도 없이 다짜고짜 죽어 가는 전구처럼 깜박거렸다.

메디는 나타났다가, 사라졌다가, 그다음엔 다시 나타났다가, 그다음엔 또 사라졌다.

밀로는 다락에 혼자 서 있었다. 방을 한 바퀴 빙 돌았다. 피가 솟구치고 가슴에서 심장이 쿵쾅거렸다.

"메, 메디? 아니, 애디?"

다시 메디가 나타났다. 마치 계속 거기 있었던 것처럼 밀로 바로 앞에, 황금 투명 망토 위로 팔짱을 끼고 있었다.

"메디가 좋아. 익숙해졌거든."

그러니까… 정말 유령이었다. 밀로는 상자에 털썩 주저앉았다. 갑자기 어지러웠다.

'우선, 시린은 모든 논플레이어 캐릭터의 눈에 보이지 않을 거야. 너 말고는 아무도 볼 수 없다는 뜻이야.'

메디의 말이 떠올랐다.

"넌 그냥 보이지 않는 척한 게 아니지?"

밀로는 심장 박동이 적절한 속도를 찾게 되자 물었다.

"아무도 널 볼 수 없었지? 전혀? 줄곧?"

메디는 미안해하며 고개를 끄덕였다.

"응."

"네 말도 들을 수 없지? 그런데 네가 있는 것처럼 행동하며 돌아다니게 날 놓아두었단 말이야? 혼잣말을 하는 내가, 분명 미친 사람처럼 보였을 거야."

밀로가 툴툴댔다.

"내가 모습을 보여 주는 사람만이 내 말을 들을 수 있을 거야. 하지만 넌 여기 있는 이상한 사람들에 비하면 덜 미친 것처럼 보였을 거야. 이 말이 위로가 된다면 좋겠다."

메디가 말했다.

"정원 벤치에 너를 추모하는 글이 새겨져 있더라."

밀로가 말했다.

"그래서 내가 거기 가는 것을 원치 않았던 거야? 시간 낭비라서가 아니라, 내가 그걸 발견하면 진실을 알아낼지 모르니까?"

"그건 내 묘비야."

메디가 간단하게 말했다.

"그냥 추모비가 아니야. 사람들은 아빠가 일을 당한 뒤라서 내 무덤을 비밀로 부치는 것이 좋겠다고 생각한 것 같아. 숨겨 둔 거지. 그리고 네가 사실을 알기 바라지 않아서가 아니라… 혼란스러워할 거라고 생각했어. 어쩌면 겁먹을 수도 있다고."

"난 겁먹지 않아!"

"하지만 예기치 않은 일이 생기면 항상 넌 화를 내더라."

메디가 부드럽게 말했다.

"네 방, 네가 사는 층, 그리고 손님들이 오기 시작했을 때는 여관 자체. 한마디로 네 공간이 침범받을 때마다 화를 냈잖아. 네가 나에 대해 어떻게 느낄지 정말 난 상상할 수 없었어. 사실 시간 낭비라고도 생각했고."

메디가 무뚝뚝하게 덧붙였다. 고맙게도, 조금 더 메디 같은 말투였다.

"거기까진 사실이야."

밀로는 고개를 끄덕였다. 목에 응어리가 느껴졌고, 마음 한가운데서 공포가 일며 소용돌이치기 시작했다. 메디 말이 옳았다. 갑자기 자신의 집이 낯설게 느껴졌다.

밀로는 친구를 바라보았다. 친구는 여전히 똑같아 보였다.

"널 뭐라고 불러야 해?"

밀로가 어찌할 바를 모르며 물었다.

메디는 잠시 생각했다.

"메디. 네가 나에게 말할 때 내가 누군지 생각하느라 시간을 낭비하게 할 수는 없어. 알았지?"

메디의 목소리에 한 줄기 희망적인 어조가 있었다.

"난 예전이나 지금이나 쭉 똑같은 사람이기 때문이야, 밀로."

밀로는 다시 고개를 끄덕였다. 위를 뒤트는 아픔은 누그러들지 않았다.

"아, 엄마 아빠가…"

밀로는 속삭였다.

"그 사람이… 그 사람이 총을 갖고 있잖아."

애디, 아니 메디. 밀로는 단호하게 생각했다. 메디는 고개를 저었다.

"빈지는 네 부모님이나 펜스터를 원하지 않아. 그가 원하는 건 나의 아빠나 누군가가 숨겨 두었다고 생각하는 어떤 물건이야. 만약 우리가 그걸 발견한다면, 그를 떨쳐 버릴 수 있어. 그러면 아무도 다치지 않을 거야."

"벌써 누가 다쳤을 수도 있어."

밀로가 이의를 제기하다가 얼굴이 밝아졌다.

"메디, 만약 네가… 네가… 만약 너를 아무도 볼 수 없다면, 혹시… 몰래 다가가서 총을 뺏는다거나 뭐 그런 것도 할 수 있어?"

밀로는 머리를 긁적였다.

"그럴 수 있어? 누군가에게서 뭔가를 뺏는다거나…."

"살아 있는 사람에게서? 물론이지. 너도 내게 물건들을 건네주었잖아. 하지만 빈지의 총을 뺏는 건…."

메디는 고개를 저었다.

"그것도 생각해 봤는데, 총을 뺏는 데 도움이 될 만한 마법은 전혀 없어. 내가 총을 잡는 것과 네가 총을 잡는 것 사이에 단 하나의 차이는 아무도 나를 볼 수 없다는 거야. 어쩌면 오히려 내가 더 놀랄지도 몰라."

"놀라게 하는 것으로도 충분할 것 같아!"

"난 그렇게 생각하지 않아. 너는 어른에게서 총을 뺏는 법을 알아? 난 모르거든. 게다가 그는 총을 능숙하게 다룰 수 있을 테지만, 난 그렇지 않아. 뭐든 잘못될 수 있어. 다른 남자들도 총을 가지고 있을 거야. 누군가 정말 크게 다칠 수도 있어. 아니면 죽거나."

메디는 입을 다물어 버렸다. 밀로는 여러 해 전 그날, 독 홀리스톤이 그냥 붙잡히기만 한 것이 아니란 걸 기억했다.

"너, 혹시 보았어?"

밀로가 물었다.

"네 말은 그때…?"

메디는 고개를 저으며 발을 내려다보았다.

"아니, 난 빈지가 아빠를 체포하려는 것만 봤어."

메디는 밀로와 나란히 상자 위에 앉았다. 두 사람은 잠시 말없이 있었다.

"아빠 그날 밤 늦게 집에 왔어."

마침내 메디가 말했다.

"절벽으로 왔어. 그때는 레일카가 없었거든. 심지어 제대로 된 계단도 없었고, 작은 디딤돌들이 전부였어. 디딤돌이 어디 있는지 알면 절벽을 올라올 수 있어. 하지만 난간은 없었어. 비가 오고 있었기 때문에, 틀림없이 오르는 것도 어려웠을 뿐만 아니라 미끄럽기도 했을 거야."

메디는 몸서리를 치며 깊이 숨을 들이마셨다.

"아마 아빠 그 전에 몇 시간 동안 달려야 했을 거야. 달리고, 바위를 오르고, 뒤쫓는 사람들 없이 집에 빨리 올 수 있도록, 아빠가 찾을 수 있는 최선의 길을 택했을 거야."

밀로가 어색하게 메디의 어깨를 토닥였다.

"난 아빠가 나를 데리러 오는 중이었다고 생각하고 싶어."

메디가 조용히 말을 이었다.

"우린 상황이 진정될 때까지 바다로 피해 있을 예정이었어. 어쩌면 아빠는 그저 작별 인사를 하고, 내가 어디로 가야 안전할지 알려 주러 왔는지도 몰라. 틀림없이 발각된 걸 알았을 테니까. 디콘 앤 모어 벤가드 관세사들은 아빨 잡을 때까지 멈추지 않을 거고. 아빠 날 위험한 상태로 두고 싶지 않았을 거야. 설령 그게 우리가 헤어지는 것을 의미한다 해도 말이야."

"엄마는 어디 계셨어?"

"내가 어렸을 때 돌아가셨어."

"그럼 아빠가 집에 안 계실 때 늘 혼자 여기 있었어?"

"보통은 아냐. 요리사 갈릭 부인이 있었고, 부인의 조카가 집을 관리해 줬어."

메디가 슬픈 미소를 지었다.

"부인은 아빠가 없을 때는 자기가 책임자라고 생각했어. 난 그렇게 생각하도록 내버려 두었지. 왜냐하면 부인하고 폴은, 폴은 부인 조카야, 나랑 '이상한 길' 게임을 했으니까. 그런데 그날 밤은, 그날 밤은, 나 혼자 있었어. 흔한 일은 아니었지만, 이따금 그러기도 했어."

"그럼 왜 아빠 너를 데리고 가지 않았어?"

밀로가 분개하며 물었다.

"아빠한테 무슨 일이 일어나면? 넌 진짜 혼자가 되잖아. 넌…."

메디가 눈을 치켜뜨며 차분하게 바라보았다.

"고아가 된다고? 너처럼?"

"그래, 맞아!"

하지만 말이 나온 순간 밀로는 후회했다.

"넌 고아가 아니야, 밀로."

조금 격앙된 어조로 메디가 말했다.

"맞아. 아냐."

밀로가 중얼거렸다.

"넌 가족이 있어. 하나가 아니라 둘이나 있지. 비록 한 가족은 수수께끼지만. 처음 가족, 그러니까 네가 태어난 가족이 어떤 상황에 처해 있었는지 어떻게 알아? 나의 아빠가 나를 위해 했듯이, 너를 위해 최선이라고 생각했겠지만, 어떤 이유에서인지 함께할 수 없게 되었을 수도 있잖아?"

이제 메디의 목소리는 화가 나 있었다.

"말이 났으니 말인데, 그래서 너한테 나쁜 결과가 되기라도 했어?"

밀로는 고개를 저으며 두 손으로 귀를 막았다.

"알아, 알아, 아니까 그만해!"

"결과적으로 잘되었잖아."

메디가 다락문 반대쪽 세상을 가리키며 딱 잘라 말했다.

"넌 여기 있어. 네가 사랑하고 또 너를 사랑해 주는 두 사람과 함께. 그런데 난…."

메디는 말을 멈추고 침을 삼켰다.

"난 죽었어."

'난 죽었어.'

밀로는 메디의 말을 속으로 되뇌었다.

"언덕 기슭의 종은 저기 있었어."

메디는 목소리에서 날카로운 어조를 걸러내며 말을 이었다.

"아빠는 절벽을 오르기 전에 종을 울렸어. 나를 깨우려고 했겠지. 나는 아빠를 보기 위해 비상계단으로 올라갔어. 비상계단에서는…."

"저쪽 숲이 보이지. 아빠가 절벽을 올라오면 아빠의 모습이 보였겠지."

밀로가 메디의 말을 끝냈다.

"난 지켜보고 있다가 아빠가 나타나자 손을 흔들었어. 아빠는 나를 보지 못했어…. 아빠는 비상계단에서 나를 찾아야 했을 텐데, 하지만 다른 쪽을 보고 있었지. 아빠는 집 앞쪽을 건너다보고 있었어…"

"언덕 길 쪽?"

"응. 거기서 빈지가 기다리고 있었거든. 난 빈지를 보지 못했지만, 아빠가 빈지를 보는 것은 보았어. 아빠는 절벽을 향해 돌아서서 숲 속으로 사라졌어. 일 분 후, 빈지, 아빠와 비슷한 나이로 보이는 젊은 빈지가 숲을 향해 달려갔어. 그리고 그 역시 나무들 속으로 사라졌어. 난 너무 무서웠어. 나는 숨을 죽였어. 빈지가 다시 나왔어. 아빠 없이."

밀로 역시 숨을 죽였다.

"또 다른 남자가, 몸놀림이 아주 빠르지는 않았던 것 같아. 남자가 숲 가장자리에 있는 빈지를 향해 잔디밭을 가로질러 갔어."

메디는 이따금 가볍게 떨리는 것 외에는 거의 감정이 없는 목소리로 말을 이었다.

"나는 그들이 무슨 말을 하는지 들으려고 최대한 멀리 몸을 내밀었어. 빈지가 담배에 불을 붙였어."

메디가 입술을 핥았다.

"그리고 난… 아빠가 떨어졌다는 것을 알았어. 아빠가 발을 헛디뎌 절벽 아래에 쓰러져 있었어. 빈지는 아빠가 떨어지는 것을 보았고, 또 죽었다는 것을 알았어. 빈지가 직접 보지 못했다면, 확실하게 확인하지 못했다면 쫓아갔을 거야. 다른 남자가 도착했고, 빈지는 담배 연기를 하늘을 향해 내뿜었어. 그리고 입을 열어 뭐라고 말했어. 난 훨씬 앞으로 몸을 내밀었어…. 난 생각했어…. 간절히 바랐어…. 내 생각이 틀렸기를…, '도망쳤어' 아니면 '다음번에는 잡을 거야'라고 말하기를…. 나는 빈지가 하는 말을 들으려고 애를 쓰며 몸을 내밀었어. 그리고 난… 난….”

밀로는 눈을 크게 뜨고 메디를 바라보았다.

“떨어졌어?”

메디는 말없이 고개를 끄덕였다.

“그때 죽었구나.”

메디가 다시 고개를 끄덕였다.

둘은 한참 동안 더 말을 하지 않고 나란히 앉아 있었다. 밀로는 메디가 묘사한 순간을 상상하려고 애를 썼고 목에 커다란 덩어리가 들어차는 것 같았다.

“마음 아프다.”

“시간이 이상하게 흐르더라.”

메디가 다락을 둘러보았다.

“전에도 내가 이 집에 나타난 적이 있는지, 있다면 얼마나 오랫동안 머물렀는지 잘 모르겠어. 내가 떨어진 때와 며칠 전 너를 만났을 때… 그사이의 시간들이 토막토막 기억나. 사람들이 이것저것 수리하고 교체하던 것, 커다란 소음들이 기억나. 어떤 남자가 식당에 배 모양 상들리에를 달던 게 기억나. 너와 네 할아버지와 아빠가 월포버 월윈드의 선로를 만들던 게 기억나. 네 부모님이 이곳으로 이사한 뒤 펜스터 폴럼을 몇 번 본 게 기억나. 전에 펜스터가 아빠와 함께 있는 것을 많이 봤기 때문에 내 기억이 틀렸을 수도 있어. 네 엄마가 며칠 전 이야기한 때, 적어도 펜스터가 나를 비상계단에서 보았던 때는 기억나. 하지만 그게 얼마나 오래전 일인지는 잘 모르겠어. 시간이 이상하게 흘러."

메디는 잠시 후 말을 이었다.

"이번에 집에 왔을 때는 뭔가… 처음 보는 것 같더라. 모든 것이 새로워 보이는 거야. 전에 여기 왔다는 걸 아는데도 말이지."

메디는 노란색 로브의 소매를 만지작거렸다.

"이 로브처럼. 네가 랜스디가운 열쇠를 발견했던 저 문처럼. 내가 살아 있을 때도 있었겠지만, 여전히 내겐 처음 보는 것 같아."

"왜 돌아왔어?"

"그럴 수밖에 없었어."

메디가 상을 찡그렸다.

"빈지가 도착하자 난 뭔가가 잘못되었다는 것을 알았지. 하지만 그 사람인지는 몰랐어. 뭔가를 알아내기까지는 시간이 좀 걸려. 내가 죽은 뒤부터 이번 일이 있기 전, 그 중간에 일어난 일이 띄엄띄엄 기억나는 것과 같아. 기억해 낼 수는 있지만 시간이 걸려. 빈지가 이번에 다시 왔을 때… 나머지 사람들이 하나둘 도착했을 때, 그들이 집에서 뭔가를 찾고 있다는 걸 느낄 수 있었어. 모두들 이곳에서 뭔가를 찾고 있었어. 하지만…"

메디가 손을 흔들었다.

"모두 다른 것을 찾고 있었어. 하지만 찾는다는 건 느낄 수 있었고, 동시에 뭔가 잘못되었다는 것도 느낄 수 있었어. 그렇지만 장소가 어디인지는 알아낼 수 없었어. 두 가지가…"

메디가 얼굴을 찌푸리며 한쪽 손바닥을 다른 쪽 손바닥 위에 올려놓았다.

"겹치는 곳?"

"맞아."

메디가 머리를 긁적이며 말을 이었다.

"나 혼자서는 알아낼 수 없었어. 그들에게 말을 할 수 없으니까. 아니, 할 수는 있었겠지만 하고 싶지 않았어. 그들은 누구도 믿음이 가지 않았거든. 난 도움이 필요했어. 그리고 너로 결정한 거야. 난 게임을 하자고 제안했지. 우린 물건을 찾을 수 있을 거라고 생각했어. 사람들이 찾고 있는 이유도. 너무 많이 잘못되기 전에 말이야."

밀로가 고개를 끄덕였다.

"너 참 잘하더라."

메디가 밀로의 얼굴을 응시하며 말을 이었다.

"넌 모든 것을 알아냈어. 블랙잭 역할도 잘 해냈고. 우리가 풀어야 했던 퍼즐에 대한 답도 모두 알아냈고. 랜스디가운 열쇠도 발견했고, 방랑자의 유물도 발견했고… 넌 빈지가 찾고 있는 것도 찾을 수 있을 거야. 난 알아."

메디의 목소리가 더욱 애원하는 어조를 띠었다.

"난 네가 할 수 있다는 걸 알아, 밀로. 난 너의 도움 없이는 해낼 수 없어. 만약 우리가 해낸다면, 빈지도 처리할 수 있어. 그것이 그 사람이 원하는 전부니까."

"넌 진짜 그 물건을 내줄 거야?"

밀로가 의심스럽다는 듯 물었다.

"그러긴 싫지만, 달리 방법이 없는 것 같아."

메디가 비참한 어조로 말했다.

밀로에게 뭔가 걸리는 게 있었다.

"메디?"

진짜 이름이 아닌 이름으로 부르려니 이상한 느낌이었다. 하지만 밀로가 그렇게 부르자 그 순간 메디의 얼굴이 밝아졌다.

"네 아빠가 너를 데리러, 아니면 작별 인사를 하러 돌아왔을 때 집까지 다 오시지는 못했다고 했지?"

방금 한 말을 깨닫고 밀로는 얼굴이 붉어지는 것을 느꼈다.

"내 말은… 실제로 집 안으로 들어오지는 못하셨지?"

"무슨 말인지 알아들었어."

메디가 부드럽게 말했다.

"그래. 사실이야."

"그럼 왜 빈지는 아빠가 무기를 여기 숨겼다고 생각할까?"

메디는 코웃음을 쳤다.

"펜스터가 옳아. 아빠는 무기는 절대 건드리지 않았어. 세관 사람들이 이야기를 꾸며낸 거야. 비밀 무기 같은 건 없다는 걸 빈지는 알아야 해. 빈지는 고워바인 박사와 같은 걸 찾고 있지만 인정하고 싶지 않거나, 아니면 그날 밤 실제로 벌어진 일과는 다른 일이 벌어졌다고 확신하고 아빠가 돌아가시기 전에 뭔가를 숨겼다고 생각하거나, 둘 중 하나야. 여기에 뭔가가, 그게 무엇이든, 숨겨져 있다면, 그리고 우리가 찾아낼 수 있다면, 틀림없이 빈지를 충분히 처리할 수 있을 거야. 틀림없이 빈지도 자기가 무엇을 찾고 있는지 정확히 모르고 있어."

밀로가 메디의 어깨를 잡고 흔들었다.

"생각해 봐, 메디! 힘들더라도 생각해 봐! 그게 무엇일 것 같아?"

"몰라, 몰라, 몰라."

메디가 도리질을 했다.

"전혀 모르겠어. 그게 무엇인지도, 여기 있는지 없는지도. 만약 아빠가 정말로 여기 어딘가에 뭔가를 숨겼다고 해도 말하지 않았을 거야. 자세한 건 말해 주지 않았어…. 그래야 내가 안전할 테니까. 난 심지어 워터마크가 있는 종이에 대해서도 몰랐어…."

메디가 고개를 저으며 말했다.

"아빠가 아니었을 거야. 그 후에 일어난 일일 거야. 나의… 내가… 후에 누군가가 다시 다녀간 거야. 고워바인 박사의 말이 옳다면 스켈란센이 왔을 거야. 아니면 스켈란센이 보낸 누군가."

메디가 일어섰다.

"난 아래층에 가서 확인하고 올게. 행운을 빌어 줘. 어쩌면 운 좋게 사람들이 빈지를 내쫓아서 문제가 해결됐을지도 몰라. 하지만 만일의 경우를 위해 우리가 무슨 단서들을 가지고 있는지 생각해 보자."

메디가 망설이며 말했다.

"너도 알겠지만 네그렛의 부모님은 저 아래에 없어. 네그렛이라면 밀로보다 더 쉽게 집중할 수 있을 거야. 그냥 내 생각이야."

"어쩌면."

밀로는 배낭을 집어 와 열었다. 이제는 게임이 아니라는 것을 분명히 알게 되었기에 네그렛으로 돌아가기가 조금 어려웠다. 그때 또 하나의 생각이 떠올랐다.

"그런데 넌 어떻게 물건들을 나르는 거야? 어떻게 유령이 노란색 로브를 펄럭이며 집 안을 돌아다녀도 아무도 못 보는 거야?"

"몰라."

메디는 희미한 미소를 지으며 열려 있는 롤플레잉 게임 용품 상자를 힐끗 쳐다보았다.

"어떤 게임에서는, 다른 세계와 다른 존재는 다른 차원에 존재해. 아마 난 내 자신의 차원이 있어서 내가 입거나 지닌 것들을 내가 있는 차원으로 끌어당기나 봐."

"그럼 물건들도 유령으로 바꿀 수 있는 거야?"

"아마도, 일시적으로. 하지만 작은 것에만 작동하는 듯싶어… 우리가 네 캐릭터를 만들던 날 아침, 내가 책들을 아래층 크리스마스트리가 있는 데로 가까스로 가져가긴 했지만. 혹시 우리가 객실에 갇혔을 때 내가 널 문으로 밀었던 것 기억나?"

"으응."

네그렛은 아직도 얼얼한 코를 문질렀다.

시린이 어깨를 으쓱했다.

"그 실험은 작동하지 않았어."

"하지만 넌 나가서 열쇠를 갖고 돌아올 수도 있었지?"

"그 생각도 해 봤어."

시린이 인정했다.

"하지만 그렇게 하려면 문을 통과해야 하는데 정말 위급한 상황이 아니면 내가 누군지 드러내고 싶지 않았어. 그리고 나중에 밝혀졌듯이 네 스스로 빠져나갈 방법을 찾아냈잖아. 열쇠 이야기가 나왔으니 말인데, 가방에 여분의 마스터키 있어? 빈지가 사람들을 어딘가에 가둬 놓았을 경우를 대비해서 빌려 갈 수 있을까?"

"응."

네그렛은 열쇠를 찾아 건네주었다.

"그런데 이건 객실에만 사용할 수 있어."

"알았어. 가능한 한 빨리 돌아올게."

시린은 희미한 미소를 짓고 문을 통과해 사라졌다. 네그렛은 꿀꺽 침을 삼켰다. 정말, 사실이었다. 네그렛은 심장 박동이 정상으로 내려가도록 애쓰며 억지로 집중을 했다.

시린이 돌아왔을 때 네그렛은 궤짝 트렁크 위에 단서들을 펼쳐 놓고 있었다.

"다들 괜찮아."

시린이 숨을 헐떡이며 말했다.

"다친 사람은 없어. 그런데 부엌 옆에 있는 뒤쪽 방은 뭐야?"

"세탁실. 아니면 식료품 저장실. 둘 다 거기 있어. 왜?"

"빈지와 일당이 사람들을 세탁실에 가둔 것 같아."

"뭐?"

"낯선 남자 하나가 그 문을 지키고 있어. 그리고 반대쪽에서 고함치는 소리가 들려왔어. 빈지는 네 부모님하고 펜스터랑 거실에 있는데, 나의 아빠와 집에 대해 다그치고 있어. 체포니 뭐니, 하는 소리를 들었어. 빈지의 다른 부하는 2층에 있어. 너를 찾고 있는 것 같아. 그러니 우린 서둘러야 해."

"엄마와 아빠가 체포되었다고?"

네그렛이 발끈했다.

"관세사들이 그런 것도 할 수 있어?"

"모르겠어. 하지만 빈지는 그래도 된다고 생각하는 것 같아. 그자가 세탁실 열쇠도 갖고 있어. 거기 열쇠는 하나 더 없어?"

"모르겠어. 엄마 아빠가 거기 문을 잠그는 걸 한 번도 본 적이 없어."

밀로는 손에 고개를 떨어뜨렸다.

"끔찍하다. 열쇠 없이 사람들을 나오게 할 수는 없니?"

"어떻게? 내가 자물쇠를 열 수 있다면 우리가 객실에 갇혀 있을 때 너를 문으로 밀기 전에 자물쇠를 열었겠지. 그렇지 않아?

시린은 슬프게 고개를 저었다.

"난 마법이 아냐, 네그렛. 난 그냥… 너랑 같지 않을 뿐이야. 난 벽을 통과할 수 있지만 넌 못하지. 세탁실에 갇힌 사람들도 그렇고."

"그럼 넌 아무것도 못하는 거야?"

네그렛은 자기도 모르게 불쑥 말이 튀어나왔다.

"많이는 못해."

시린도 맞받아쳤다.

"그래서 네가 필요한 거야!"

"미안."

"됐어. 나도 절망스러워. 하지만 봐. 이걸 가져왔어."

시린은 호주머니에서 〈작품들. 다섯 번째 카탈로그〉이라는 제목의 작은 책자를 꺼내더니, 조지에게서 돌려받은 해도와 빈 미끼용 종이 옆에 놓았다.

"고워바인 박사의 방에 들어가서 서류 가방을 확인했어."

시린이 아래쪽 모서리를 가리켰다.

"스켈란센'이라고 쓰여 있지? 이건 스켈란센의 작품 목록인 것 같아. 그의 작품을 좀 살펴보는 게 도움이 될 것 같았어. 그리고 그 우스꽝스러운 사진 있잖아, 안개 낀 창문 지도 사진 말이야. 그것도 가져왔어."

"잘했어."

네그렛은 스텔란센의 카탈로그를 집어 들었다.

"어디서 시작해야 할지 생각해 보자."

카탈로그를 휙휙 넘기면서 보고 있노라니 작품 그림들에 신경을 쓰기가 어려웠다. 네그렛은 생각했다.

'집중해. 여기 단서가 있을 수 있어. 단서를 찾는 데 엄마 아빠는 내가 필요해.'

스테인드글라스, 또 스테인드글라스… 둥근 교회 창문과 아치형 교회 창문, 맥주를 양조하는 유쾌한 수도사들을 보여 주는 창문, 아름다운 숙녀들이 춤을 추는 창문, 파란 바다를 가르며 뱃머리에 하얀 거품이 이는 돛단배가 있는 창문. 그 밖에 다른 작품들도 더 있었다. 상판이 모자이크로 된 탁자, 불길의 빛을 잡아 방 전체가 깜박거리도록 유리를 설치한 벽난로 칸막이, 유리 샹들리에와 나뭇가지 모양 유리 촛대와 유리 램프들….

네그렛은 카탈로그를 옆으로 툭 던졌다.

"내가 뭘 찾고 있는지 모르겠어."

네그렛은 조지의 해도와 고워바인 박사의 사진을 집어 들었다.

"고워바인 박사가 할 수 없었다면 나도 알아낼 수 없어. 박사는 숨겨진 견본을 찾는 데 평생을 보냈어. 이건 가망이 없는 일이야."

"그렇지 않아."

시린이 주장했다.

"불평 좀 그만하고 생각을 해."

"그러고 있거든!"

"넌 불평을 하고 있고, 그게 네가 하고 있는 일이야."

시린이 다시 해도를 집어 들었다.

"빈지가 했던 말 기억해? 아빠와 선원들은 이런 지도 위에 정보를 숨겨 놓곤 했다는 말?"

"응. 깊이 180미터 미만의 바다에 암호를 표시해 놓았다는 말. 그걸 읽으려면 암호 해독 전문가가 되어야겠다."

암호 해독은 네그렛이 가진 재주가 아니었다.

"어쩌면 우리가 원하는 정보는 그 점들에 있는 것이 아닐지도 몰라. 조지가 배에 주목했던 걸 기억해 봐."

"짜증나는 배."

네그렛은 해도를 잡고 하얗게 칠해진 고불고불한 선들을 바라보았다.

"아빠 배의 선장이었어. 이게 무슨 관계가 있다는 건 완전히 불가능…"

"잠깐."

네그렛은 나침도에 손을 댔다.

"이건 알바트로스야. 네 아빠 배의 이름 맞지? 빈지가 그렇게 말했잖아."

"응…, 그래서?"

"나침반은 항해를 위한 거지. 길을 나타내는 거. 맞지? 그런데, 이 나침반은 배를 가리키고 있어. 말 그대로."

네그렛은 손으로 화살표를 건드렸다. 화살표는 북쪽을 가리키는 것으로 생각했었는데, 지금 보니 돛이 불룩 튀어나온 부분을 가리키고 있었다.

"어쩌면 이 나침반의 모양은 어떤 배인지 알려 주는 걸지도 몰라."

"실제로 그 배에 무엇이 숨겨져 있더라도, 우린 운이 없는 것 같아. 난 알바트로스 호가 어떻게 되었는지 모르거든."

시린이 미심쩍은 듯 말했다.

네그렛은 고개를 저었다.

"너, 아까 배 모양 샹들리에 이야기를 하지 않았어?"

"응. 식당에 있는 거. 배 모양으로 만들려던 건지는 모르겠지만, 난 늘 배처럼 생겼다고 생각했어."

네그렛은 해도 위의 돛을 바라보았다.

"그리고 넌 그게 언제 걸렸는지 대충 기억한다고 했지?"

"대충. 그건 그 후의 일이었어."

시린의 눈이 커졌다.

"너, 혹시…?"

네그렛은 벌써 카탈로그를 다시 휙휙 넘기며 유리 샹들리에가 있는 페이지를 찾았다.

"스켈란센은 샹들리에도 만들었어. 이거 봐."

어떤 것들은 전통적인 샹들리에에처럼 보였다. 유리나 황동으로 된 팔을 쳐들고 다면체 구슬들이 매달린 모양의 것들. 그런데 어떤 것들은 더 기발했다. 우아한 공 모양 불덩어리처럼 생긴 빨간색과 황금색 곡선을 지닌 것도 있었다. 허공에 매달려 있는 듯한, 반짝이는 은빛 별들처럼 깎은 작은 조각들로 이루어진 것도 있었다. 밀로는 식당 탁자 위에 드리워진 크림색 유리 송이들을 머릿속으로 그려 보았다. 이 페이지에 그런 그림이 있다면 얼마나 마음이 편할까.

"어쩌면…."

"하지만 고워바인 박사는 그것은 이야기 속 창문이라고 했잖아? 정보를 주는 어떤 거라고. 샹들리에가 무슨 이야기를 할 수 있을까?"

시린이 이견을 말했다.

"맞아. 그건 박사의 짐작일 뿐이야. 어쩌면 박사가 틀렸을지도 몰라."

네그렛은 카탈로그와 지도를 톡톡 두드렸다.

"이것들을 보면 볼수록, 생각하면 할수록, 뭔가를 발견할 수 있을 것 같아."

시린은 고워바인의 서류 가방에서 가져온 사진 지도를 들어 올렸다. 그것은 창문에 맺힌 물방울 위에 그린 듯이 보였다.

"좋아, 네그렛. 이렇게 해 보자. 샹들리에를 떠올리면서 이것을 다시 한 번 봐."

무슨 말을 하는 거지? 그것은 전과 똑같이 보였다. 네그렛이 알아볼 수 있는 최선의 것은 산을 통과해 네모난 건물로 가는 오솔길 정도였다.

"산은 아닐 텐데."

네그렛은 말했다.

"돛이야."

시린이 말했다.

"이 직사각형 모양은 무엇일까?"

네그렛이 물었다.

"갑판?"

"그럴 수도 있어."

"그렇다면…."

네그렛은 아래층 샹들리에 갑판과 비슷한 것이 있는지 열심히 생각했다. 네그렛의 기억에 그런 건 없었지만, 어쩌면 너무 말 그대로 생각하고 있을지도 몰랐다.

"그러니까 넌 이 사진이 샹들리에, 아니 배에서, 숨겨진 무언가를 찾으려면 어디를 봐야 하는지 알려 준다고 생각한단 말이지?"

"확인해 봐야 할 것 같아."

"그 말은 빈지와 총이 있는 아래층으로 돌아가야 한다는 뜻이잖아."

시린이 침착하게 고개를 끄덕였다.

"나도 알아. 우린 계획을 세워야 해. 네그렛, 이제 너와 난 전투 문제에 대해 이야기할 때가 된 것 같아."

"전투?"

네그렛이 경계하며 반복했다.

"우리가 정말로 그들과 싸워야 한다는 말은 아니겠지? 남자 셋에 총 한 자루, 어쩌면 더 갖고 있을지도 모르는데? 아무튼 대체 그 사람들은 어디서 왔을까?"

하지만 질문을 하면서도 마당에서 움직이던 어슴푸레한 형체를 몇 번 봤던 기억이 났다. 어쩌면 그들은 내내 거기 있었을 것이다. 바깥 추운 곳 어딘가에 숨어서. 어쩌면 숲 깊은 곳에 있는 낡은 별채 건물 하나에 있었을지도 몰랐다. 거기서는 눈에 띄지 않고 소리도 들키지 않고 지낼 수 있으니까.

"맞아. 그게 정확히 내가 하려는 말이야."

시린이 말했다.

"하지만 네가 생각하는 싸움은 아니야. 우리가 똑똑하게 맞서면 그자를 이길 수 있어. 그런데 우린 똑똑하잖아? 그자보다 더 똑똑하지. 빈지가 저 멍청한 양말을 신고 앉아 있는 동안 우리가 알아낸 것들을 좀 봐."

네그렛은 마른 침을 삼켰다. 소년 하나와 소녀 하나. 그냥 소녀도 아니고, 그다지 많은 것을 할 수 없다고 인정한 유령 소녀 하나. 그 둘이 총을 든 세 남자와 대항하다니. 그리고 두 사람이 더 똑똑한지, 심지어 똑똑한 것이 중요한지조차 확신이 들지 않았다. 어른과 아이의 대결에서는 보통 어른이 우세했기 때문이다. 총이 없더라도 그랬다.

'어쩌면, 언제나 그런 건 아닐지도 몰라.'

방학 첫날 읽었던 이야기 가운데 하나를 떠올리며 네그렛은 생각했다.

'악마는 보통 오만하지 않기에 지는 법이 거의 없습니다. 그렇긴 해도, 그런 일은 간혹 일어납니다. 매우 드물고 특이한 경우이긴 하지만요.'

악마를 이길 수 있다면, 우스꽝스런 양말을 신은 노인도 틀림없이 이길 수 있을 거다.

네그렛은 머리를 긁적였다.

"좋아. 우리가 더 똑똑해. 비록 몸집은 더 작고 무기도 없지만. 우린…."

네그렛은 갑자기 말을 멈추고 고개를 갸웃하고 귀를 기울였다.

"잠깐."

다락방의 문이 경첩에서 조금 움직였다.

"누군가 바로 아래층 문을 열고 있어. 그 바람에 여기 문이 움직이며 덜컥거려."

"아마 내가 2층에서 본 남자일 거야."

시린이 속삭였다. 그리고 문으로 달려갔다.

"이거 잠글 수 있어?"

"안에서는 안 잠겨."

네그렛은 시린의 눈과 마주치고 히죽 웃었다.

"그럼 이 안에서는 자물쇠를 열 수 없겠네?"

시린이 활짝 웃었다.

"네가 무슨 생각을 하는지 알겠다. 맘에 들어."

바삐 전략을 논의한 뒤, 네그렛은 다락 계단으로 살금살금 내려가 5층 복도로 가는 층계참을 살펴보았다.

"준비됐어?"

네그렛이 어깨 너머로 속삭였다.

"준비됐어."

잠시 후 빈지의 패거리 가운데 하나가 5N호실에서 나타났다. 네그렛은 발뒤꿈치를 계단에 대고 부드럽게 찼다. 남자가 쳐다보았다. 네그렛은 마치 잡힐 것이 두렵다는 듯 과장되게 펄쩍 뛰어 오른 다음 다락으로 쏜살같이 다시 올라갔다. 그리고 문을 발로 차서 닫고 바로 안에 있는 옷 선반 뒤에 웅크리고 앉았다.

남자의 발소리가 계단 위에서 요란하게 울리며 문이 열렸다.

"얘야, 아무도 널 해치지 않아."

시린이 더 안쪽에 있는 트렁크 너머로 딱 머리 꼭대기만 보이게 내다보았다. 남자는 시린이 있는 방향으로 한 걸음 더 갔다. 밀로는 상황이 어떻게 달라졌는지 확신할 수 없었지만 남자는 시린을 본 것이 분명했다. 시린은 다시 트렁크 뒤에 웅크리고 앉았다.

"약속해요?"

시린이 물었다.

남자의 눈이 가늘어지며 다락 안쪽으로 더 깊숙이 걸어 들어갔다.

"그럼. 약속하지. 나와서 다른 사람들 있는 곳으로 돌아가자."

"모르겠어요."

시린이 경계하며 말했다. 네그렛은 기다렸다. 남자는 또 한 발, 그리고 또 한 발, 시린이 있는 곳을 향해 걸어갔다. 조금만 더⋯.

"이제 가자. 우리가 일을 해결하려고 노력하는 동안, 널 돌아다니게 해선 안 되지. 다들 집중을 못하잖아. 그러다가 사람이 다치는 거야."

"알았어요, 그럼."

시린이 노래하듯 쾌활하게 말했다.

"저 나가요!"

무슨 일이 일어날지 알고 있는 네그렛조차, 시린이 허공에서 바로 나타나는 모습은 충격적이었다. 시린은 남자로부터 두 발자국도 떨어지지 않은 상자 위에 서 있었다. 남자는 비틀거리며 뒷걸음을 치다가 정신을 차리고 시린을 잡으려고 했다.

네그렛은 이미 일어서서 등에 멘 배낭을 통통거리며 출구를 향해 돌진하고 있었다. 반대편에 이른 순간, 잽싸게 문을 닫고 화분 아래에서 꺼낸 열쇠를 밀어 넣었다. 딸깍 자물쇠가 잠기자마자 남자의 육중한 몸이 문에 쿵쿵 부딪혔다.

"함정 확인하는 것을 잊으셨어요."

네그렛이 열쇠를 주머니에 넣으며 비아냥거렸고, 시린이 층계 위 옆에서 나타났다.

"아마추어야."

시린이 동의했다.

"축하해, 네그렛. 넌 방금 첫 번째 전투에서 이겼어. 하나는 끝냈고, 이제 둘 남았어."

남자는 격노해서 문을 쾅쾅 두드렸다. 네그렛은 바로 아래층으로 내려가 가장 가까운 곳에 열려 있는 방으로 들어갔다.

"우린 층계를 그냥 내려갈 수는 없어. 우릴 찾으라고 남자를 보냈다면 그들이 지켜보고 있을 거야."

"남자가 계속 문을 두드리면 그들도 들을 거야."

시린이 지적하며 짐받이 받침대에 털썩 주저앉아 팔꿈치를 무릎에 올려놓았다.

"아마 남자가 돌아오지 않으면 다른 남자를 보낼 거야. 여기 오래 머무적거리고 있어서는 안 돼. 다음엔 뭘 하지?"

네그렛은 창문과 바깥의 눈 덮인 빨간색 계단을 바라보았다.

"야, 시린. 이번은 비상사태 맞지?"

"당연하지."

시린이 비상계단을 바라보았다.

네그렛은 머리를 긁적이고 밖을 내다보았다. 눈 덮인 계단은 경사진 지붕 바로 위에서 끝났다.

"저게 발전기가 있는 창고야. 저기서 내려가면, 집 뒤쪽 부엌문 바로 옆이야."

"그럼 그 옆이 다들 갇혀 있는 세탁실이겠구나, 맞지?"

"응."

"좋은 계획 같다."

"응."

시린이 얼굴을 찡그리고 네그렛을 바라보았다.

"그런데 계단 탈 수 있겠어?"

시린의 목소리에는 두려운 빛이 있었다.

"한 번 미끄러지면…."

시린은 말꼬리를 흐렸다.

"응, 미끄러지면 너하고 난 지금보다 훨씬 많은 공통점이 생길 거야."

시린이 말을 맺었다.

'예기치 않은 상황에서 자신을 통제한다…. 운동을 잘한다…. 손재주가 좋고 지능이 높다.'

네그렛은 배낭에 손을 넣어, 추울 때도 확실히 유용한 와일드손의 장갑을 꺼냈다.

물론, 에스칼라되르인 척하는 것과 현실 세계는 별개의 일이었다. 현실에서는 세차게 부는 바람 속에서 얼음으로 덮인 비상계단을 4층이나 내려가 거기서 지붕으로 뛰어내린 다음, 다시 지붕에서 땅까지 내려가야 했다.

또한 현실 세계에서 밀로는 블랙잭이 아니었다. 아들이 자신의 뒤를 잘 따르리라고 확신하는 유명한 블랙잭 아버지에게 훈련을 받지도 않았다. 밀로는 그저 자신이 어디서 왔는지, 어떤 처지에 있었는지 전혀 알지 못하는 아이였다. 하지만, 밀로는 자신에게 말했다. 이제부터 무엇을 할지는 자신이 결정한다고. 네그렛이 누구인지 결정했을 때와 마찬가지로 밀로가 누구인지 스스로 결정할 거라고. 지금부터 누가 될지, 무엇이 될지는 이제부터 자신이 선택한다고.

'자신의 일을 하려면 다른 뼈들과 분리되어야 한단다. 남은 뼈들과 연결될 때는 잠재력만 있지만, 분리되면 그 잠재력은 힘이 되는 거야.'

자신이 가진 잠재력으로, 능력으로, 무엇을 할 것인지 선택해야 했다.

"네그렛…? 밀로?"

밀로는 고개를 끄덕였다.

"해 볼 거야. 만약 엄마 아빠를 도울 수 있고 또 저 인간들을 집에서 내쫓을 수 있다면, 해야만 해."

밀로는 창문을 열었다. 클렘의 열쇠 키트는 방충망을 쉽게 떼어 냈다. 바람과 눈이 방 안으로 휘몰아쳤고, 냉기는 칼처럼 날카로웠다.

"너랑 함께 갈게."

메디가 말했다.

"바로 네 뒤에 있을게."

밀로는 고개를 끄덕였다. 침을 꿀꺽 삼키고, 최대한 조심스럽게 한쪽 다리를 창턱 위로 들어 올렸고, 다음엔 다른 쪽 다리를 들어 올렸다. 그러자 몸이 바깥으로 나왔다.

밀로는 난간을 잡고 일어섰다. 비록 장갑을 꼈지만, 금속은 얼음처럼 차가웠다. 그리고 비상계단 전체가 바람에 흔들리는 것처럼 느껴졌다. 금방이라도 뽑혀 나갈 것만 같았다.

"무너지진 않을 거야."

밀로는 딱딱 부딪치는 이 사이로 메디에게 말했다.

"아빠가 해마다 확인하거든. 느낌만 그럴 뿐이야."

메디는 고개를 끄덕이고 밀로를 따라 조심스레 밖으로 나왔다. 하지만 메디는 걱정스럽게 보였다. 메디가 물었다.

"너, 괜찮아?"

눈이 신발 사이로 스며들었다. 밀로는 한쪽 발을 들어 그 아래 표면이 얼마나 미끄러운지 시험해 보았다.

갑자기, 뒤에서 창문이 내려왔다.

"엎드려."

메디가 속삭였다. 밀로는 난간을 붙잡고 가능한 한 몸을 웅크렸다. 빈지의 패거리 가운데 한 사람이 복도를 지나가는 모습을 알아볼 수 있었다. 아주 잠깐 뒤에, 두 번째 사람이 방 안을 들여다보았다. 하지만 그는 밀로가 벽에 기대 놓고 떠난 방충망에 대해서는 아무 생각도 없는 것 같았다. 방 바깥을 볼 생각은 하지 않았다. 복도에 모습을 드러낸 남자는 만족한 듯 보였다.

"다락에 갇혔던 남자가 풀려난 것 같아."

메디가 부드럽게 말했다.

"ㅁ어어쩌면 그게 좋을 거야."

밀로가 곱아들어서 감각이 없는 입술로 대답했다.

"ㅁ어쩌면 우리를 찾느라 시간을 낭비할 테니까. 지금 당장은 빈지를 도와줄 사람이 없어."

하지만 얼마나 오래? 밀로는 조심스레 발을 내딛으며 다른 쪽 발도 움직여 보았다. 눈 때문에 실제로 계단 가장자리가 어딘지 보는 것은 거의 불가능했다.

'저기구나.'

눈이 부스러지자 조금 물러서면서 첫 번째 걸음을 내딛었다.

밀로는 여전히 난간을 움켜잡은 채 조심조심 밑으로 내려갔다.

'바람을 무시하라.'

밀로는 생각했다.

'쇠가 벽에 부딪혀 덜거덕 소리를 내도 무시하라. 움직일 때마다 조금씩 미끄러져도 무시하라.'

그런데 갑자기, 또 하나의 계단 대신에 넓고 평평한 공간이 나왔다. 4층에 도착한 것이었다.

"기다려."

메디가 미끄러져 지나가며 말했다. 물론 메디는 추락할까 봐 염려할 필요가 없었다. 메디는 창문을 들여다보았다.

"아무도 없어."

밑으로 또 밑으로, 또 밑으로… 발밑을 가늠하며, 장갑 낀 손으로 난간을 꽉 붙잡고. 한 발을 옮기고, 한 손을 옮기고, 다음 발을 옮기고, 다음 손을 옮겼다.

너무나 추웠다. 이제는 발에 감각이 없었다. 그리고 또 다른 넓은 공간이 나왔다. 3층에 도달한 것이다.

"여기도… 아무도 없어."

메디가 밑을 내려다보았다.

"한 층 더 내려가면 창고 지붕이야. 아직 괜찮지?"

"한 층 더 남았다니!"

"너, 대단히 잘하고 있어."

메디가 말했다.

"자, 한 층 더. 가자."

이번에는 발을 움직이는 것이 더 힘들었다. 어쨌거나 얼어붙지도 떨어지지도 않고 마지막 층계를 내려왔다. 이제 땅바닥으로 내려갈 계단은 더 없었다. 대신, 걸쇠로 고정한 사다리가 있었다. 날씨가 좋을 땐 걸쇠를 그냥 풀어 주면 사다리가 미끄러져 떨어졌다. 거기서 땅바닥에 닿으려면 짧은 거리만 낙하하면 되었다. 그런데 지금은 사다리를 고정시키고 있는 걸쇠가 꽁꽁 얼어붙어 있었다.

그냥 땅바닥으로 뛰어내리기에는 너무 높았다. 차라리 발전기 창고의 지붕이 더 가까웠고, 경사면 맨 아래쪽에서는 뛰어내려도 괜찮을 것 같았다.

"좋아."

밀로는 이를 악물고 말했다.

"좋아."

밀로는 조심조심 난간 위로 올라가 금속 가로대에 등을 대고 서서 가로대를 단단히 붙잡았다.

"하나, 둘, 셋, 세어 줄까?"

메디가 물었다. 밀로가 고개를 끄덕였다.

"좋아. 준비됐어? 하나… 둘… 셋!"

메디는 쉽게 놓기를 거부하는 밀로의 손을 내려다보았다.

"다시 셀까?"

밀로가 고개를 저으며 뛰어내렸다.

밀로의 발이 몸 아래서 불쑥 튀어나오며 각진 지붕에 착지했다. 비상계단과 꼭 마찬가지로 눈 밑은 얼음 층이었다. 마치 기름칠한 미끄럼틀에 내려선 것 같았다. 미끄러지면서 뭔가를 잡으려고 했지만 속수무책이었고 잡을 것은 아무것도 없었다. 미처 비명을 지르기도 전에 지붕에서 굴러 떨어져 눈 더미 속으로 들어갔다.

밀로는 부러진 곳이 있는지 알아보려고 애쓰며 잠시 눈 속에 누워 있었다. 메디가 옆에서 눈 더미 위에 걸터앉았다.

"다친 데 없어?"

"그런 것 같아."

"그럼 폐렴에 걸리기 전에 얼른 일어나. 가자!"

메디는 밀로의 팔꿈치를 잡아 끌어올리고 뒷문을 가리켰다.

"거의 다 왔어."

"그래."

밀로는 일어서서 옷을 턴 다음, 내려오다가 배낭이 열리지 않았는지 더듬어 확인했다. 둘은 함께 부엌문으로 살금살금 다가갔다.

메디는 커튼이 쳐진 작은 창문을 엿보았다.

"빈지의 등이 보여. 다른 남자들은 위층에서 아직 우리를 찾고 있는 중인가 봐. 아까는, 한 남자가 부엌 의자에 앉아서 세탁실을 지키고 있었는데 지금은 아무도 없어."

메디가 밀로를 돌아다보았다.

"준비됐어? 서둘러야 할 것 같아."

"준비됐어."

밀로는 언 손을 비비고 문손잡이에 손을 뻗었다.

하지만 문은 부분적으로만 열렸고 그 과정에서 엄청나게 저항하는 듯한 끽끽 소리를 냈다. 빈지 씨가 무슨 소리인지 보려고 부엌으로 뛰어들었다. 빈지 씨의 눈이 커졌다.

"너!"

밀로는 문을 쾅 닫고 기대어 섰다.

"이제 어쩌지?"

"글쎄, 이제…."

문이 다시 벌컥 열리며 밀로는 다시 눈 속으로 날아갔다. 빈지의 패거리 가운데 하나가 순간 밀로를 덮치더니 움켜잡고 안으로 끌고 들어갔다. 메디가 두 손을 꼭 쥐고 따라왔다.

"패거리들이 아직 위층에 있다는 생각은 틀렸던 것 같아."

메디가 속삭여 사과했다.

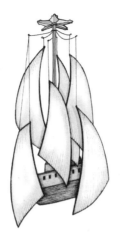

제14장

독 홀리스톤의 마지막 화물

"**우**리가 밉지?"

남자가 밀로를 거실로 끌고 와 벽난로 앞 래그러그 위에 인정사정 없이 떨어뜨리는 모습을 지켜보며 빈지 씨가 말했다.

"그냥 앉아 있어."

파인 부인이 일어서서 아들을 향해 손을 뻗자 빈지 씨가 날카롭게 말했다. 파인 부인은 주저하며 소파에 앉아 있던 남편과 펜스터 플럼 사이에 도로 주저앉았다.

"괜찮니, 밀로? 이자들이 널 다치게 한 건 아니지?"

파인 씨가 물었다.

"아니에요, 아빠. 저, 괜찮아요. 그냥 추운 게 다예요."

밀로는 이를 딱딱 부딪치며 최대한 엄마 아빠를 안심시켰다.

밀로와 메디는 서로 바라보았다.

"계획을 기억해."

메디가 말했다.

"원하는 걸 찾아 주고 여기서 쫓아 버리는 거야, 밀로. 알았지?"

"알았어."

밀로는 일어서서 세 관세사들을 향해 말했다.

"빈지 씨, 독 홀리스톤의 마지막 화물 때문에 왔다고 했죠. 만약 그것이 어디 있는지 말한다면, 그걸 빈지 씨에게 준다면, 떠나실래요? 우리는 내버려 두고?"

빈지 씨는 관심 있는 눈으로 밀로를 바라보았다.

"네가 어디 있는지 안다고?"

"빈지 씨가 말했듯이, 전 빈지 씨보다 숨바꼭질을 더 잘하니까요. 게다가 실제로는 빈지 씨가 직접 말해 준걸요."

밀로는 팔짱을 끼고 물었다.

"어떻게 하실 거예요?"

"글쎄다."

빈지 씨가 무심하게 주머니에서 총을 꺼내며 말했다.

"이것을 네 엄마한테 겨누며, 흥정 따윈 집어치우라고 말할 수도 있다."

그리고 으스스한 미소를 지었다.

"하지만, 그렇게 하지. 내가 원하는 것은 화물이니까."

"좋아요, 그럼."

총이라든가 방금 당한 위협 같은 건 생각하지 않으려고 애를 쓰면서, 밀로는 비틀거리며 일어나 식당으로 갔다.

'제발, 우리 생각이 맞기를. 제발, 제발, 제발.'

밀로는 식당과 부엌 사이의 카운터에서 높은 스툴 하나를 가져다 탁자 위에 올려놓았다. 창백한 유리 샹들리에 바로 밑이었다. 아직 발에 감각이 완전히 돌아오지 않았으므로 특히 조심스럽게 탁자 위로 올라간 다음, 더 가까이 보기 위해 또 스툴 위로 올라갔다.

전기 코드를 붙들고 있는 황동 관에 유리 구조물이 연결된 조각 역시 황동이었고, 직사각형 위에 정사각형이 올려진 형태였다. 자세히 보니 직사각형 옆면을 따라 약간 솟은 블록들이 있었다. 밀로는 생각했다.

'이것이 배라면 저것들은 포문일 거야.'

꼭대기의 정사각형은 대략 배의 선미 갑판이 있는 위치에 놓여 있었고, 떼어 낼 수 있는 뚜껑이 있었던 것처럼 가장자리를 따라 아주 희미한 솔기가 나 있었다.

밀로는 배낭에서 열쇠 키트를 꺼내 끝이 가느다란 삼각형 삽 모양으로 생긴 픽을 골라, 조심조심 솔기에 끼워 넣고 비틀었다. 매달려 있던 황동 관이 비틀리면서 전체적으로 한쪽으로 조금 기울어지기는 했지만, 정사각형 상자 꼭대기는 쉽게 떨어졌다. 안쪽으로 손을 넣자 부드러운 천이 느껴졌다.

"여기 뭔가가 있어."

밀로가 속삭였다.

순간 발밑의 스툴이 한쪽으로 기울었다. 밀로는 뭔가 붙잡을 것을 찾아 팔을 휘둘렀지만 샹들리에의 유리 돗들은 손이 닿지 않는 곳에서 차르랑차르랑 소리를 내며 흔들리기만 했다. 밀로는 어렵사리 내려갔지만, 발목이 비틀리며 탁자에 엉덩방아를 찧었다. 메디가 손으로 얼굴을 가리며 비명을 질렀다. 거실에서는 파인 부인이 밀로의 이름을 큰 소리로 불렀다.

"저, 괜찮아요."

밀로는 신음 소리를 냈다.

"으윽."

"내가 가져오마."

빈지 씨가 스툴을 옆으로 팽개치고 직접 탁자 위로 올라가서는 밀로를 한 발로 아무렇게나 밀어냈다. 샹들리에에 손을 뻗어 한 손에 파란색 펠트 천 주머니를 들고 탁자에서 내려왔다. 빈지 씨는 끈을 풀어 열고 내용물을 다른 쪽 손바닥에 쏟더니 얼굴을 찡그렸다.

밀로는 주머니에서 무엇이 떨어졌는지는 볼 수 없었지만, 그게 뭐든 빈지 씨가 기대했던 것은 아닌 듯했다. 빈지 씨는 밀로를 노려보았다.

"장난하나?"

"무슨 장난이요?"

밀로가 발목을 문지르며 톡 쏘았다.

"이게 뭐냐?"

빈지 씨는 그것을 밀로의 얼굴에 들이밀었다. 색이 칠해진 작은 피규어였다. 파인 씨가 그날 아침 밀로에게 주었던 것과 매우 비슷했다. 다만, 이것은 여자아이였다. 적어도 여자애의 얼굴을 하고 있었다. 나머지는 어떤 새의 모습이었다. 어쩌면 올빼미일지도 몰랐다.

"한번 봐도 될까요?"

밀로가 물었다.

빈지 씨는 코웃음을 치며 피규어를 밀로에게 던졌다. 피규어는 믿을 수 없을 정도로 세밀했다. 깃털 하나하나가 아치 모양 날개에 그려져 있었고, 나뭇가지를 감고 있는 다리와 발톱에는 작은 비늘이 그려져 있었다. 두 눈은 소녀의 눈이라기보다는 올빼미의 눈처럼 보였다. 밀로는 피규어를 뒤집어 보았다. 바닥에 단 한 단어가 페인트로 적혀 있었다. '시린.'

'음, 내가 언젠가 해 보고 싶었던 종류의 캐릭터가 있어⋯'

메디의 말이 떠올랐다.

"이건 롤플레잉 게임의 피규어예요. 이건⋯ 이건 스콜리아스트라고 불리는 종류의 캐릭터예요."

밀로는 뭔가가 얼굴을 타고 흘러내리자 움찔했다. 뺨을 만져 보니 자신이 울고 있었다.

"이건 딸을 위한 거예요. 딸이 언제나 하고 싶었던 캐릭터예요."

밀로가 말했다.

"장난감인 거야? 고작 아이들 장난감?"

빈지 씨가 으르렁댔다.

밀로는 고개를 끄덕이며 메디를 바라보았다. 메디는 탁자 옆에 서 있었는데, 밀로 외에는 아무에게도 보이지 않았다. 메디는 놀란 표정으로 작은 올빼미 소녀를 빤히 바라보았다.

"아버지는 딸을 위해 여행에서 이것을 가지고 돌아왔을 거예요."

"그게 전부일 리는 없다."

빈지 씨가 말했다.

"이런 걸 저기 숨겨 놓으려고 그 모든 속임수를? 누가 장난감을 위해 그 고생을 하겠나?"

펜스터가 소파에서 큰 소리로 말했다.

"당신은 평생 아이를 가져 본 적이 없지?"

"이 물건을 다시 가져와 여기 숨긴 사람들의 아이는 아니었어!"

빈지 씨는 진실로 그리고 완전히 당황한 듯 보였다.

"하지만 그분은 우리 선장이었고, 그 아이는 선장의 딸이었어."

펜스터가 잘라 말했다.

"그 피규어를 거기 갖다 둔 건 내가 아니지만, 그렇게 한 사람이 어떤 마음이었을지는 확실하게 말할 수 있어. '선장을 위해 뭔가를 할수는 없어도 어린 딸을 위해 이 정도는 할 수 있어.' 아니면 소녀를 추억하고 싶었을지도 모르지. 그때는 소녀도 세상을 떴으니까."

펜스터는 얼굴을 찡그렸다. 잠시, 눈물을 흘리지 않으려고 애를 쓰는 듯이 보였다.

"내가 그 생각을 했으면 좋았을 텐데. 알았으면 좋았을 텐데."

빈지 씨는 완전히 당황한 표정으로 피규어를 응시했다. 그러다가 그의 얼굴에서 순식간에 혼란스러운 표정이 사라졌다.

"그렇다면…."

빈지 씨가 손을 내밀었다.

"그걸 가져가겠다, 밀로."

상황은 정확히 밀로와 메디가 세운 계획대로 되었지만, 빈지 씨가 시린의 미니어처를 향해 손을 뻗자, 밀로는 가슴에 그 보물을 꼭 껴안았다.

"안 돼요. 무슨 상관이에요? 빈지 씨는 무기나 비밀 같은 걸 찾고 있었잖아요. 이건 빈지 씨에게 아무것도 아니에요."

"아무것도 아니긴."

빈지 씨가 응수했다.

"독 홀리스톤이 그토록 마음을 쓴 물건이라면, 그게 내가 찾던 거다."

빈지 씨는 밀로를 향해 한 걸음 다가왔다. 밀로는 휙 움직여 탁자 반대편으로 갔다.

"그 물건이 홀리스톤 삶의 일부였을지 모르지만, 난 그걸 전설의 일부가 되도록 두지는 않을 거다."

펜스터가 벌떡 일어섰다.

"그저 앙갚음을 하기 위해 그걸 가져가 숨기겠다는 거요? 한낱 장난감을?"

빈지 씨가 총을 거머쥐며 펜스터를 겨누었다.

"당신 바보 아냐? 숨기는 것으로는 충분치 않아. 저 사람이 그 증거지."

빈지 씨는 세탁실 문을 가리켰다.

"우리 고워바인 박사는 이것을 찾으려고 평생을 보냈어. 박사뿐이라고 생각해? 아니야. 이건 없애 버려야 해. 게임 놀잇감에 지나지 않더라도 말이야."

"밀로."

메디가 머뭇거리며 말했다.

"멋대로 굴지 마. 어리석은 모험은 하지 마. 저 총으로 무슨 일을 저지르기 전에 그냥 줘 버려…."

밀로는 메디의 말을 무시하고 말했다.

"내놓지 않겠어요. 비록 그 아이가 가질 수 없었어도 그 아이 것이에요. 이건 독 홀리스턴에 대한 게 아니라, 한 아버지와 딸에 대한 것이에요. 아빠에게 작별 인사조차 하지 못한 딸…."

밀로는 화가 나서 얼굴의 축축한 물기를 주먹으로 닦았다.

"이건 보물이에요. 가져갈 수 없어요."

빈지 씨가 한숨을 쉬었다.

"내가 꼭 총을 사용해야겠니, 밀로?"

방 안에 항의의 고함 소리가 터졌다.

"안 돼!"

밀로의 엄마와 아빠, 펜스터가 벌떡 일어서다가 서로 발이 걸렸다. 빈지 씨가 무기를 돌려 다들 앉으라고 소리치려 할 때, 갑자기 방 안의 공기가 변했다.

샹들리에가, 1층의 모든 창문이, 덜컹거렸다. 죽어 가는 불에서 획획 불꽃이 튀었고, 크리스마스트리에 매단 전구들이 깜박거렸다.

"그만두세요."

방 안의 모든 사람이, 한 사람도 빼놓지 않고 고개를 돌려 메디를 보았다. 처음으로 그린글라스 하우스에 있던 모든 사람이 메디를 볼 수 있었다.

메디의 모습은 밀로가 늘 보던 모습과 다르지 않았다. 여전히 우스꽝스런 노란색 로브를 입고 파란색 안경을 쓰고 있었다. 그 이외에는 보통 아이처럼 보였다. 후광도 없고, 갑작스럽게 빛을 내지도 않았다. 유령이 나타날 거라고 생각할 만한 것은 아무것도 없었다.

어쩌면 한 소녀가 갑자기 그들 사이에 나타난 것만으로 충분할지 몰랐다. 사람들 눈에는 소녀가 마치 허공에서 불쑥 나타난 것 같았다.

밀로의 엄마 아빠, 펜스터, 빈지 씨와 두 패거리, 모든 사람이 메디를 빤히 바라보고 있었지만, 메디는 오로지 빈지 씨만을 보았다.

메디는 곧바로 빈지 씨에게 걸어가 그가 들고 있는 총을 향해 손을 뻗었다.

빈지 씨는 움찔했다. 갑자기 그는 땀을 흘리며 총을 겨누었다. 그리고 방아쇠를 당겼다.

밀로가 비명을 질렀다.

메디는 갑자기 걸음을 멈추고 자신의 배를 내려다보았다. 그리고 돌아서서 바로 뒤 마룻바닥에 난 총알구멍을 바라보았다.

"날 쏘았군요. 난 이미 죽었을지 모르지만 여전히 어린아이예요. 당신은 어린아이를 쏜 거예요."

메디는 역겨운 듯 고개를 저었다. 그리고 밀로를 포함하여 그 누구에게도 눈을 깜박일 새도 주지 않고, 하얗게 질린 채 땀이 줄줄 흐르는 빈지 씨의 얼굴에서 몇 센티미터 떨어진 곳에 서 있었다. 아니, 서 있는 것이 아니었다. 빈지 씨의 키가 거의 180센티미터나 되고, 애디 위처 유령은 밀로보다 키가 작았음에도 불구하고 둘의 눈높이가 같았기 때문이다.

"총은 내가 가져갈래요. 누군가를 쏘아서 다치게 하기 전에요."

메디는 강물 속에서 갈라지는 얼음덩어리 같은 목소리로 말했다.

총은 어느새 메디의 손에 쥐어져 있었고, 메디의 키는 다시 작아졌다. 빈지는 두 손을 가슴에 얹은 채 탁자를 등지고 철퍼덕 주저앉았다.

"괜찮아요?"

두 관세사 가운데 키가 큰 남자가 머뭇거리며 물었다.

"아까 이 집을 떠나 달라고 부탁했을 텐데요."

메디는 무섭게 침착한 목소리로 말을 계속했다. 그리고 빈지 씨에게서 시선을 떼고 방금 말을 한 남자를 바라보다가 다시 다른 남자에게 시선을 돌렸다. 그러고는 다시 빈지 씨를 바라보았다.

"지금은 부탁하는 게 아니에요. 이 집을 떠나세요. 내 친구들을 가만히 내버려 두세요. 아버지의 기념품도 그대로 두시고요."

빈지 씨는 흘낏 위를 쳐다보았다. 명백한 두려움에도 불구하고, 잠깐 주장할 것이 있는 듯 머뭇거렸다. 그러나 빈지 씨가 입을 열기도 전에 메디가 거대해지며 다시 한 번 얼굴을 마주 보았다. 그리고 이번에는 얼굴이 일그러져 보일 정도로 화난 표정이었다.

"이 집을 떠나세요!"

메디의 목소리는 통곡과 비명 사이의 무엇이었다. 밀로는 귀를 두 손으로 탁 막았다. 귀를 막은 사람은 밀로만이 아니었다. 고통스러운 소리였다. 고통과 슬픔이 가득했다. 그리고 두려움도 있는 것을 밀로는 알아차렸다. 메디는 겁을 먹고 있었다. 하지만 애디 위처의 분노는 두려움보다, 고통보다 더 강했다. 애디의 분노는 얼굴 위에서 하얗게 타올랐다. 햇빛이 풍경을 비추듯 온 얼굴에 빛이 퍼지며 분노의 감정을 드러냈다. 그런 분노 앞에서 빈지 씨로서는 도망치는 것밖에 할 수 있는 일이 없었다.

메디는 총을 든 손을 옆구리에서 흔들거리고 있었다. 빈지 씨는 새된 소리를 지르며 탁자와 유령 소녀 사이에서 뛰쳐나와 로비를 향해 내달았다. 그리고 난도질하듯 들이닥치는 요란스런 바람을 헤치며 문을 통과하여 눈과 어둠 속으로 사라졌다.

창문을 통해 빈지 씨의 검은 형체가 흉한 몰골로 쏜살같이 땅을 가로질러 길 쪽으로 향하는 것이 보였다. 자신의 코트가 뒤를 쫓아 돌진해 오는 것을 알아차린 빈지 씨는 공포에 사로잡혔다. 코트가 달려들자 빈지 씨는 넘어지고 말았다. 잠시 후, 그는 어색하게 일어나 코트를 주워 들고 말끄러미 바라보다가 몸에 걸치고 다시 뛰기 시작했다. 그리고 빈지 씨는 시야에서 사라졌다.

메디는 열린 문 앞에 남은 두 남자를 바라보았다.

"뭘 기다리나요?"

메디가 차갑게 물었다.

"코트를 가져다드릴까요? 아니면 화난 유령 얼굴이 다시 보고 싶은 가요?"

두 남자는 서로 얼굴을 바라보고는 역시 어둠 속으로 후다닥 뛰쳐나갔다.

메디는 죽은 쥐를 들듯 손가락으로 총을 들고 거실로 돌아가서는 총을 조심스럽게 탁자 위에 놓고 밀로의 엄마 아빠를 바라보았다.

"누가 이걸 안전한 곳에 두는 게 좋을 것 같아요."

밀로의 엄마가 떨면서 고개를 끄덕였다. 조심조심 총을 집어 들고 잠시 주위를 둘러본 다음, 곧장 부엌의 열쇠로 잠글 수 있는 작은 책상으로 가져갔다. 앞쪽 뚜껑을 여닫을 수 있는 책상이었다. 파인 씨는 황급히 방을 가로질러 달려와 밀로를 와락 껴안고 흔들었다.

"저, 괜찮아요, 아빠."

밀로가 장담했다.

"사람들을 모두 세탁실에서 나오게 해야 해요."

파인 씨는 웃음 같기도 하고 커다란 안도의 한숨 같기도 한 소리를 냈다.

"알았다. 아마 문을 부수어야 할 것 같아. 빈지 패거리 하나가 열쇠를 갖고 있었어."

파인 씨는 겨우 말했다.

"내가 갖고 있어요."

파인 부인이 부엌에서 말했다.

"잡동사니 서랍에 예비용이 있어요."

그동안 펜스터는 메디를 응시하고 있었다.

"애디? 애디 위처?"

펜스터가 머뭇거리며 물었다.

메디가 늙은 밀수업자에게 미소를 지었다.

"안녕하세요, 펜스터. 만나서 반가워요. 아빠에 대해 좋은 말을 해 주셔서 고맙습니다."

그러고는 밀로를 향해 미소 지었다.

"그리고 고마워, 밀로. 하지만 그렇게 멋대로 어리석은 모험을 하면 어떻게 해? 우린 계획이 있었잖아. 그 사람은 정말 널 해칠 수도 있었어. 나도 내가 그런 능력이 있다는 걸 몰랐단 말이야. 정말 위험할 수도 있었어."

메디는 여전히 약간 겁에 질린 듯 보였다.

"계획?"

파인 씨가 아들에게서 유령 소녀에게로 시선을 옮겼다.

"너희… 너희 둘이… 계획이 있었다고?"

파인 씨가 두 손으로 얼굴을 비볐다.

"밀로, 내가 정신을 차리고 사태를 파악하게 되면 넌 호된 꾸지람을 들을 줄 알거라. 총을 든 사람이 있을 때 네가 했던 일에 대해서 말이다. 하지만 지금 당장은 무슨 생각을 해야 할지 모르겠구나."

"나도 그래요."

엄마가 덧붙였다.

"모두 나오세요."

엄마가 세탁실 자물쇠를 풀고 문을 활짝 열어젖히며 말했다.

"우리가 이겼어요. 아니, 밀로와 밀로 친구가 해냈어요."

물론, 여기에는 많은 설명이 필요했다.

"그럼 내가 정리를 해 볼게."

고워바인 박사가 메디를 응시하며 말했다. 모두들 메디를 응시했다.

"밀로, 빈지 씨를 떠나게 하려고 독 홀리스톤의 화물을 발견했는데, 그다음에는 마음이 바뀌었다는 말이지?"

밀로가 고개를 끄덕였다.

"메, 애디가 하라는 대로 했어야 했어요. 넘겨주라고 했거든요."

밀로는 피규어를 메디에게 내밀었다.

"하지만 이건 네 거야. 네가 가지고 있어야 해. 중요한 물건이야. 네 아빠의 물건이니까."

메디는 양손으로 그것을 받았다.

"정말 예쁘지 않니?"

메디는 한번 보고 싶어서 주변을 맴돌고 있는 고워바인 박사가 볼 수 있도록 피규어를 들어 올렸다.

"예쁘지 않아요?"

"스콜리아스트로구나."

파인 씨는 색칠된 작은 올빼미 소녀를 찬찬히 바라본 다음, 메디에게로 시선을 옮겼다.

"밀로가 갑자기 이상한 길 게임에 대해 알게 된 이유가 너 때문이구나, 응?"

메디가 고개를 끄덕였다.

"언젠가 우리 셋이 게임을 할 수도 있지 않을까요?"

밀로가 물었다.

"아니면… 메디, 지금 떠나야 해? 선물도 받았고, 빈지 씨도 갔으니까?"

메디가 곰곰 생각했다.

"모르겠어…. 떠날 필요는 없을 것 같아."

메디는 파인 씨와 파인 부인을 바라보았다.

"그렇지만, 두 분은 이 집에 유령이 나오는 건 원하시지 않을 것 같아요."

파인 부인이 지친 미소를 지으며 어깨를 으쓱했다.

"당분간은 유령이 나올 수 있다는 말처럼 들리는구나. 말할 필요도 없이, 이 집은 먼저 네 집이었잖니."

"사실은요, 방법을 잘 몰라요."

메디가 말했다.

"전에 말했잖아, 밀로. 시간은 흐르는데, 시간에 무슨 일이 일어나는지는 몰라. 그래서 내가 계속 여기 있게 될지 아닐지 모르는 거야. 하지만 네가 괜찮다면, 내가 나타날 때 안녕하고 인사를 해 주면 좋겠어. 어쩌면 이상한 길 게임을 할 수도 있고."

밀로 아빠는 여전히 충격을 받은 듯 보였지만, 역시 가까스로 미소를 지었다.

"네가 있으면 우린 기쁠 거야."

한편 고워바인 박사는 색칠된 피규어를 가져가 더 자세히 살펴보고 있었다.

"너무 실망하는 소리로 들리지 않기를 바라지만, 이게 정말 내가 찾던 걸까?"

"우린 샹들리에가 스켈란센의 작품일 거라고 생각했어요. 그럴 수 있을까요?"

밀로가 물었다.

"그럼, 그럼. 아마 네 말이 맞을 게다. 그래⋯. 이야기를 들려주는 어떤 것, 실제 창문과 같은 어떤 것⋯. 그런 것에 너무 집중하지 않았더라면, 나도 진작 깨달았을 텐데."

박사는 상을 찡그렸다.

"하지만 내 모든 자료에 따르면 스켈란센이 기록 보관소 창문을 만들 때 독 홀리스톤을 주제로 선택한 것 같았어."

박사는 어색하게 메디에게 피규어를 내밀었고, 메디가 받아들자 얼른 손을 잡아당겼다. 마치 메디가 물까 봐 겁을 먹고 있는 것 같았다.

"물론, 밀로 말이 옳아. 그것은 그 자체로 보물이라고 생각해."

박사가 급히 덧붙였다.

"샹들리에도 그래. 이 도시에는 스켈란센의 유리 작품이 거의 남아 있지 않아. 여기서 그중 하나를 발견한 건 정말 놀라운 일이야…. 다만… 넌 이해할 거야."

"박사님이 찾던 보물이 아니란 말씀이죠."

메디가 말했다.

박사가 조금 슬픈 얼굴로 고개를 끄덕였다.

"그래."

밀로는 샹들리에를 쳐다보았다. 그런 다음 빈지 씨가 밑에서 잡아뺐던 스툴을 집어 다시 탁자 위에 놓았다.

"아빠, 저 좀 잡아 주시겠어요?"

파인 씨는 경계하는 눈으로 바라보았지만, 밀로가 다시 올라가는 동안 스툴을 흔들리지 않게 잡아 주었다. 밀로는 아빠의 어깨를 짚고 발끝으로 서서 다시 직사각형 황동 선체를 향해 손을 뻗었다. 밀로가 기억하기로, 선미 갑판의 꼭대기를 이루는 솔기를 억지로 열었을 때 선체가 조금 비틀리며 기울었다. 이제 밀로가 시험 삼아 비틀어 보자, 별 저항 없이 움직였다. 황동 관에서 번갈아 조각을 돌려서 풀자 마침내 선체가 느슨하게 손에 들어왔다. 그것은 생각보다 무거웠다. 밀로는 하마터면 떨어뜨릴 뻔하며 간신히 아빠에게 건네주었다. 밀로는 관 안을 들여다보았다.

안쪽을 감싸고 있는 것이 있었다. 안쪽 표면에 단단히 붙어 있어 만약 찾고 있지 않았다면 놓치기 쉬웠을 것이다. 밀로는 조심스레 손을 넣어 느슨하게 풀어서 안에 있는 것을 완전히 빼냈다.

"와."

밀로는 손에 든 원통형 종이에서 고개를 들었다.

"고워바인 박사님, 먼저 보시겠어요?"

두 번 청할 필요가 없었다. 교수는 득달같이 탁자로 달려와 두루마리를 조심스럽고 경건하게 집어 들었다. 밀로가 내려왔을 때 고워바인 박사는 종이를 탁자 위에 놓고 조심조심, 아주 조심조심, 펼치기 시작했다.

"오, 세상에."

박사가 속삭였다.

펼쳐진 종이는 놀라운 그림을 드러냈다.

"오, 세상에."

박사가 다시 한 번 말했다.

"오, 세상에. 넌…."

파인 부인이 서둘러 부엌으로 달려가 깨끗한 커피 잔을 들고 돌아왔다. 박사는 조심스럽게 커피 잔을 네 귀퉁이에 올려놓았다.

"오, 세상에. 오, 이럴 수가."

작은 쾌속 범선 한 척이 빠른 속도로 강을 가르며 내려오고 있었다. 뱃머리에 날개 달린 형상이 조각되어 있었다. 옛날 해도의 나침도에서 본 알바트로스였다. 아름다운 배였다. 배가 앞으로 나가며 생기는 선수파의 움직임과 돛이 부풀어 오른 모습으로 보아 밀로의 할아버지가 '바람을 거슬러 갈 수 있는, 사랑스러운 작은 돛단배'라고 부르던 종류의 배처럼 보였다. 뒤에는 또 한 척의 배가 강에 떠 있었지만, 바람을 거슬러 가지 못하고 있었다. 그 배는 따라가려고 고군분투하는 것처럼 보였고, 돛들은 거의 균형을 잡지 못하고 있었다.

키를 잡고 있는 남자는 다른 배가 뒤따라오는 것에 별 염려를 하지 않는 듯 보였다. 남자는 모자 통에 두른 띠에 금 핀이 꽂힌 갈색 방수 모자를 쓰고 있었다. 턱은 깨끗이 면도를 했지만, 구레나룻은 불그레한 금빛이었다. 정확히 메디의 머리 색과 똑같았다.

남자는 밀로가 생각했던 것보다 젊었다. 밀로의 엄마 아빠보다도 젊었다. 하지만 표정은 근엄하고 단호했고, 이글거리는 영웅의 눈을 갖고 있었다. 중요한 일, 어려운 일에 열중하고 있는 사람, 무시할 수 없는 힘을 지녔기에 그의 길을 가로막으려면 준비를 단단히 해야 할 사람. 이 모든 것이 얼굴에서, 그리고 키의 손잡이를 쥔 모습에서 분명하게 보였다. 강둑에 모여 온 힘을 다해 손을 흔들며 환호하는 사람들로 보아, 그 남자는 선한 사람들에게 힘이 되어 줄 것 같았다. 그 사람이 누군지 몰라도 함께 환호하고 싶은 마음이 들게 했다. 물론 사람들은 모두 그가 누구인지 정확히 알고 있었다. 바로 마이클 위처 선장, 자신을 독 홀리스톤이라 부르던 밀수업자.

고워바인 박사는 전에 이런 그림을 카툰이라고 불렀다. 두껍고 짙은 외곽선이 있어서 카툰과 비슷해 보였다. 밀로는 그 외곽선이 유리 작품을 완성할 때 유리 조각들을 이어 줄 금속을 나타낸다고 생각했다. 하지만 그 그림은 전혀 카툰 같지 않았다. 색깔은 섬세하고 다

양했으며, 윤곽이 만들고 있는 형태는 부드럽고 우아했고, 범선 뱃머리의 거품 이는 물부터 바람에 부풀어 오른 돛에 이르기까지 독자적으로 움직이고 있는 듯 보였다. 밀로가 스테인드글라스에서 사람을 본 기억이 있는 유일한 다른 장소는 교회였다. 키를 잡고 있는 남자의 얼굴은 그런 성인들의 양식화되고 움직이지 않는 모습과는 전혀 닮지 않았다. 남자는 금방이라도 눈앞의 강에서 시선을 떼고 고개를 돌려 밀로를 똑바로 쳐다볼 것만 같았다.

믿기 어려울 정도로 아름다웠다. 비록 이 그림이 의도했던 유리 작품은 만들어진 적이 없었지만, 그 자체로 예술이었다. 최종적으로 스테인드글라스로 완성된 창문이 더 아름다우리라고 상상하기 어려울 정도였다.

메디는 손을 뻗어 그림의 얼굴을 어루만졌다.

"나의 아빠야. 꼭 이렇게 생겼어."

메디가 부드럽게 말했다.

"내가 마음속으로 그렸던 모습하고 꼭 닮았어."

그린글라스 하우스에 도착한 뒤 내내 딱딱하고 뻣뻣하고 짜증난 표정이었던 고워바인 박사의 얼굴이 마침내 풀리며 만족스러워 보였다.

"정말 보물이로구나. 이 집은 보물로 가득 차 있어."

"정말 그래요."

밀로가 거들었다.

파인 부인이 물었다.

"박사님은 평생 이걸 찾아다녔다고 하셨는데, 만약 발견한 뒤에는 어떻게 하실 계획이었어요?"

"모르겠습니다."

교수는 그림에서 눈을 떼지 못했다.

"내가 이야기하기 전에는 여러분이 얼마나 귀한 걸 갖고 있는지 모르기를 바란 것 같습니다. 아마 내게 팔라고 설득할 수 있으리라 생각했던 것 같습니다. 하지만 물론, 이것은 여러분이 가지고 있어야 합니다."

박사는 완전히 진심으로 덧붙였다.

"이건 여기 있어야 합니다. 여러분과 함께. 그의 딸의… 추억과 함께."

"만약… 만약 빌려드린다면요?"

메디가 망설이며 물었다.

"음, 그렇다면 나는 이걸 대학으로 가져가서, 내가 신뢰하는 유리 공예가에게 복사를 맡길 거다. 실제로 스켈란센의 도제란다. 그리고 혹시 여러분이 괜찮다고 한다면, 그 사람에게 작업을 의뢰해서 원래 의도했던 창문을 만들어 달라고 부탁할 것 같다. 내가 요청하면 대학에서 전시할지도 모르겠구나."

박사는 황동 관 속에 넣고 뺄 때의 마찰 때문에 닳아 버린 한쪽 귀퉁이를 쓰다듬었다.

"먼저 여러분을 위해 대지 작업을 해서 그림을 고정시켜 놓을 수도 있습니다. 보존을 위해서."

"참 좋은 생각 같습니다."

파인 씨가 말했다.

"넌 어떻게 생각하니, 밀로?"

"그건 메디의 생각이 중요할 것 같아요. 아니, 애디 말이에요."

밀로가 말했다.

"동의해."

밀로 엄마가 고개를 끄덕였다.

"그럼 박사님이 빌려 가셔야 할 것 같아요."

메디가 박사에게 말했다.

"잘 돌봐 주시고 무슨 일이 일어나지 않도록 해 주세요. 다른 사람들이 이 그림을 볼 수 있게 된 건 정말 기뻐요."

"네 아버지는 내 영웅이었단다."

고워바인 박사가 말했다.

"아마, 언젠가 훗날, 너와 내가 그분에 대해 이야기할 수 있을 게다."

메디의 얼굴이 환히 빛났다.

"그럼 정말 좋을 거예요."

다시, 히어워드 부인이 오웬에게 랜스디가운 이야기를 해 주었을 때 느꼈던 것과 똑같은 기쁨을 밀로는 느꼈다. 메디의 가족은 사라졌지만, 이제 메디의 아빠에 대해 알고 있는 사실들을 공유할 수 있고, 또 메디가 한 말을 소중하게 여길 사람이 있었다.

파인 부인이 밀로가 서 있는 곳으로 다가와서 밀로의 어깨를 감싸 안았다.

"모든 걸 따져 봤을 때, 나쁜 크리스마스는 아니지? 기대했던 크리스마스는 아니지만?"

밀로는 방 안을 둘러보았다. 빈지 씨는 갔고, 옛 친구들은 남았다. 다른 사람들은 뭔가를 찾으러 왔다가 찾던 것을 찾아, 또는 충분히 만족할 만한 것을 찾아, 다른 누군가에게 무언가를 선물했다. 히어워드 부인은 램프를 발견했고 오웬에게 과거의 한 조각을 주었다. 조지는 답을 발견했고(비록 찾고 있던 답은 아니었으나) 히어워드 부인이 랜스디가운 이야기를 하도록 설득하는 데 도움을 주었다. 오웬은 클렘을 찾으러 왔다가 밀로에게 자신의 어린 시절 보물을 주었다. 클렘은 오웬의 마음을 얻는 열쇠를 찾으러 왔다가 밀로가 다른 사람들을 구할 수 있도록 도와주었다. 고워바인 박사는 자신의 영웅을 찾으러 왔다가 메디에게 가족을 새로이 알게 되는 기회를 주었다.

"기대했던 것보다 더 좋은 것 같아요. 아직 크리스마스도 되지 않았는데도요."

밀로가 인정했다.

밀로의 말에 뒤따른 만족스런 침묵 속으로 차가운 레일카의 종소리가 들려왔다.

제15장

출발

늦은 시각이었다. 반백의 뱃사공이 커피 잔을 내려놓고 목도리와 장갑을 드라이어로 따뜻하게 한 다음, 다시 배를 띄울 준비가 되었다고 선언했을 때는 완전히 캄캄한 밤이었다. 손님들은 하나씩 가방을 꾸려서 아래층으로 이동하기 시작했다.

"두 분도 꼭 지금 떠나야 해요?"

클렘과 오웬이 숙박비를 치르려고 내려오자 파인 부인이 물었다.

"너무 늦었는데. 그리고 바깥은 몹시 추울 거예요. 어디로 가실 거예요?"

"오웬이 키사이드 하버스에 살고 있어요."

클렘이 말하며 밀로에게 윙크를 했다.

"산타가 오기 전에 집에 가 있으려고요. 그리고 원하신다면, 믿을 만한 변호사 몇 사람에게 나서 달라는 말을 전해 놓을 게요. 세관이 괴롭히지 못하는 변호사 한두 사람을 알고 있어요. 이야기를 할 상대가 있다면 기분이 나아질 테니까요."

"솔직히 말해서, 그렇게 해 주신다면 대단히 좋겠습니다."

파인 씨가 인정했다.

"하지만 정말 마음이 내키시면 그렇게 해 주십시오. 그리고 물론, 이곳에서 즐겁게 머물렀기를 바랍니다."

네 사람은 모두 웃음을 터뜨렸다.

"클렘은 저한테 열쇠 키트 사용법을 보여 주지 않았어요!"

밀로는 클렘과 오웬이 파인 씨와 뱃사공 오스틀링 씨와 함께 문으로 향하자 항의했다. 밀로의 엄마 아빠는 의문스러운 표정으로 밀로를 살펴보았지만 둘 다 아무 말도 하지 않았다.

"그러네. 알려 주지 않았구나."

클렘은 밀로의 의자 팔걸이에 앉았다.

"있잖아, 내가 집에 도착하면 우선 책을 보내 줄게. 그리고 언젠가 여기 들러서 네가 얼마나 공부했는지 볼게. 그럼 공평하잖아. 어때?"

"좋아요."

오웬이 손을 내밀었다.

"다시 한 번 정말 고맙다, 밀로. 너와 네 가족을 만나서 정말 좋았어."

다음으로 히어워드 부인이 내려왔다. 그 뒤를 고워바인 박사가 바짝 따라왔다. 히어워드 부인이 밀로에게 향했다.

"젊은이?"

밀로는 의자에서 좀 더 똑바로 앉았다.

"네, 히어워드 부인?"

부인은 엄격한 시선을 밀로에게 고정시켰다. 그런 다음 그 시선을 허물어뜨리며 미소를 짓더니 빨간색 줄무늬 종이에 싼 납작한 상자를 내밀었다.

"메리 크리스마스, 밀로."

"제게 주시는 거예요? 감사합니다!"

밀로는 포장지를 뜯고 상자를 열었다. 안에는 목도리 하나와 손모아장갑 한 켤레가 있었다. 어두운 녹색 바탕에 여기저기 하얀 눈송이가 점점이 박혀 있었다.

"내내 뜨개질하시던 거네요?"

"그렇단다. 하지만 고백하거니와, 오늘까지는 네게 줄 선물이란 걸 깨닫지 못했지 뭐냐."

부인이 밀로의 어깨를 토닥였다.

"넌 우리 모두에게 아주 잘해 줬어, 밀로. 우린 그럴 만한 특별한 이유를 주지 않았는데도 말이야. 이 집이 보물로 가득 차 있다는 말은 옳아. 그런데 모든 보물 가운데 가장 큰 보물은 너라고 생각해."

부인은 다시 밀로의 어깨를 토닥이더니 다시 얼굴 표정을 가다듬고 엄격한 얼굴로 돌아갔다.

"감상적으로 구는 건 이제 이것으로 충분한 것 같다. 그 손모아장갑을 끼고 내 물건들을 좀 옮겨 주는 게 어떠냐?"

작다리 씨와 키다리 부인이 엄마와 숙박비 계산을 하는 동안, 밀로는 따뜻하게 몸을 꽁꽁 싸매고 히어워드 부인의 짐을 들 수 있는 만큼 주워 들고 조심스레 문밖으로 나갔다. 그리고 계단을 내려가 잔디밭을 가로질러, 버터빛 노란색 불이 빛나는 정자로 갔다. 난간을 따라 꼬마전구들이 요정의 불빛처럼 하얀 서리 아래서 금빛으로 빛났다.

파인 씨는 윈치가 시작되는 레버에 손을 얹고 있었다. 선로에서 들리는 소리로 미루어, 사랑에 빠진 두 승객과 월포버 월윈드는 대략 절벽의 삼분의 이쯤 내려간 것 같았다.

"히어워드 부인과 고워바인 박사도 올 거예요."

밀로가 조금 헉헉거리며 가방을 내려놓았다.

"클렘이 그러는데 뜨개질 부인에게 선물 받았다며?"

파인 씨가 아들의 새 목도리를 잡아당겼다.

"네. 이것도요."

밀로는 손모아장갑을 들어 올렸다.

"좋구나."

선로의 음높이가 바뀌자, 파인 씨는 레버를 중립 위치로 잡아당겼다. 잠시 후, 아래쪽에서 종이 울렸다. 또렷하고 반쯤 얼어 있는 듯한 단 한 번의 금속성 소리. 파인 씨는 레버를 잡아당겨 월윈드를 언덕으로 다시 끌어올리기 시작했다. 파인 씨와 밀로는 말없이 서서 바람이 작은 눈송이들을 내려보내고, 나무들을 바스락거리게 하는 모습을 지켜보았다. 바람이 움직이면서 요정의 불빛들도 반짝거렸다. 마침내 레일카의 파란색 코가 언덕 꼭대기에 나타났고, 때마침 히어워드 부인과 고워바인 박사도 승강장에 도착했다.

"잘 머물다 갑니다."

고위바인 박사가 말했다. 박사는 밀로가 망원경 케이스라고 생각했던 통을 토닥거렸다. 이제 거기엔 독 홀리스톤을 그린 스켈란센의 귀중한 그림이 들어 있었다.

"정말 즐거웠습니다. 고맙습니다."

히어워드 부인이 파인 씨에게 고개를 까딱하고, 밀로의 어깨를 다시 한 번 토닥였다. 그리고 두 사람 역시 언덕을 내려가기 시작했다.

"가서 핫 초콜릿을 좀 먹어 볼까?"

언덕 밑바닥에서 레일카가 승객들을 안전하게 인도했다는 것을 알리는 종소리가 다시 들리자 파인 씨가 말했다.

두 사람은 현관에서 조지를 만났다.

"다른 사람들과 함께 배를 타실 건가요?"

파인 씨가 승강장으로 돌아갈 준비를 하고 물었다.

조지가 고개를 저었다.

"아뇨. 배를 타고 싶다고 그 소동을 벌이긴 했지만, 지금은 기차를 타고 가고 싶어요. 브랜든이 펜스터를 시내까지 태워다 주는데 저도 따라갈 수 있는지 물어봤어요. 사람이… 덜 많으니까요."

조지는 서글픈 미소를 지으며 말했다.

"캐러웨이 부인과 딸도 간대요. 다들 곧 밖으로 나올 거예요."

밀로는 눈을 깜박거렸다. 캐러웨이 가족은 파인 가족과 마찬가지로 지하 철로에 대해 알고 있었다. 브랜든이 그린글라스 하우스의 친구였기 때문이다. 하지만 조지는?

"브랜든이 지하 철로에 대해 이야기해 주었어요?"

조지가 씁쓸한 눈으로 밀로를 바라보았다.

"내가 바로 매의 눈이라는 별명을 지닌 사람이야, 밀로. 기억나? 난 누가 말해 줄 필요가 없어. 그냥 다른 사람에게 말하지 않겠다고 브랜든을 설득하면 되었단다. 그건 도둑이라도 서로 공유하지 않는 종류의 비밀이거든."

"와… 어떻게 아셨어요?"

조지가 미소 지었다.

"도둑들은 보통 정보를 어디서 얻었는지 공유하지 않아, 밀로. 하지만 너에게는 말해 줄게. 〈재담가의 비망록〉에 큰 단서가 있었단다. 이야기에 나온 장소에 대해 정말로 알고 싶다면 절대 옛날이야기를 간과하지 마."

"아직 그 이야기는 못 읽은 것 같아요."

밀로가 기억을 더듬으며 말했다.

"그러고 보니 조지 책을 잊고 안 드렸네요. 바로 가지고 올게요."

"잠깐, 아직 다 못 읽었어?"

"네. 거의."

"읽고 싶어?"

조지가 물었다.

"네. 그 책 너무 좋아요."

"그럼 네가 가져. 다 읽으면 다른 사람에게 빌려주기다. 알았지?"

"앗싸. 고맙습니다. 그럴게요."

밀로는 브랜든과 펜스터를 기다리는 동안 안절부절못했다.

"마음이 안 좋아요."

마침내 밀로가 말했다.

"다른 사람들은 모두 중요한 걸 얻었는데 조지는 아니잖아요."

"그건 그렇지 않아."

조지가 싱긋 웃으며 항변했다.

"파란색 케이크를 선물 받았잖니. 아주 맛있는 파란색 케이크."

문이 열리고 펜스터가 현관으로 나오자 덧붙여 말했다. 브랜든은 펜스터보다 한 걸음 뒤에서 나왔다.

"그건 저의 즐거움이었습니다."

펜스터가 정중하게 말했다.

"비록 히어워드 부인이 시나몬을 좀 인색하게 넣었어도 말이죠."

조지가 밀수업자의 팔을 잡았다.

"아시겠지만 히어워드 부인 말로는 그게 후추였대요."

"한 꼬집만 넣은걸요. 내가 넣고 싶었던 건 그게 다였다고요."

펜스터가 투덜댔다.

브랜든이 밀로의 손을 잡고 흔들었다.

"날씨가 좋아지면 또 보자, 친구. 해피 크리스마스."

캐러웨이 부인과 리지도 밀로를 껴안고 인사를 했다. 그런 다음, 다 같이 파인 씨와 함께 지하 철로 입구가 숨겨져 있는 붉은 벽돌 헛간을 향해 숲속으로 떠났다. 밀로는 모두 사라질 때까지 지켜보았다.

"나도 갈게. 어쨌든 지금은."

밀로는 몸을 돌려 현관 위 옆에 서 있는 유령 소녀를 발견했다.

"넌 갈 필요 없잖아."

밀로로서는 여전히 애디라고 생각할 수 없는 메디가 고개를 끄덕였다.

"나도 알아. 그리고 고마워. 하지만 지금은 손님들이 모두 갔으니까 가족과 함께 크리스마스를 보내. 그게 줄곧 네가 원하던 거였잖아?"

"그랬지."

밀로가 인정했다.

"하지만 이젠 신경 안 써. 너에 대해선 그래. 우리랑 함께 크리스마스를 보내도 좋아. 언제나 환영이야."

밀로는 정말 그렇게 생각하는 것을 깨닫고 놀랐다.

"음."

메디는 행복하게 미소 지었다.

"아니, 이번엔 아냐. 이건 내가 너에게 줄 수 있는 선물이야. 어쨌든 넌 나를 위해 그 모든 일을 해 주었잖아. 아무튼, 꼭 돌아올게."

메디가 활짝 웃었다.

"너도 알다시피 난 늘 이 세상에 머물 시간이 있잖아."

밀로는 새 친구를 바라보았다.

"꼭이지?"

"꼭이야."

"그럼… 메리 크리스마스, 메디, 애디, 시린."

밀로는 어색하게 손을 내밀었다. 두 사람은 진지하게 악수를 했다.

"메리 크리스마스, 밀로, 네그렛."

그런 다음, 엠포리움에서 그랬던 것처럼 메디는 한 번 깜박이더니 사라져 버렸다.

잠시 밀로는 눈보라 속에서 오들오들 떨며 메디가 있었던 곳을 바라보다가 집 안으로 들어갔다.

창가에 서 있던 파인 부인이 팔을 내밀었다. 밀로는 엄마 옆에 가서 섰다. 집이 텅 빈 것 같았다. 너무 조용해서 벽난로의 불이 타닥타닥 타는 소리가 부자연스러울 정도로 크게 들렸다.

"어떠냐, 얘야?"

파인 부인이 물었다.

"좋아요. 좀 피곤한 것 같아요."

"네 친구는?"

"갔어요."

밀로는 밤의 어둠 속을 내다보며 말했다.

"지금은 갔어요."

"곧 다시 올 것 같니?"

"그럴 거 같아요. 그랬으면 좋겠어요."

두 사람은 말없이 잠시 더 서 있었다.

"밀로, 네가 여전히 친부모를 생각하고 있다는 걸 아빠랑 난 알고 있어. 너도 알지?"

밀로는 몸이 조금 굳었다. 하지만 아주 잠시뿐이었다.

"그런 것 같아요."

"그리고 우리가 이해한다는 것도 아니? 그런 생각을 한다고 해서 네가 우리를 사랑하지 않는다는 뜻이 아니라는 걸 알고 있어. 네가 친부모를 사랑하고 또 생각하는 것에 죄책감을 느끼는 걸 우린 절대 원하지 않아."

밀로의 목에 응어리가 생기기 시작했다.

"알아요."

"그냥 생각해 봤는데 말이다."

밀로 엄마가 창문에 시선을 둔 채 조심스럽게 말했다.

"이 모든 이야기… 그린글라스 하우스의 과거, 독 홀리스톤과 그의 딸, 역시 입양되었던, 자신의 조상에 대해 조금 알게 된 오웬이라는 친구… 그 오웬에게서 받은 멋진 선물… 이 모든 것들이… 너에게 어떤 감정을 느끼게 했을 것 같아. 슬픔 또는 기쁨, 또는 뭔지 잘 모를 감정까지도. 어쩌면 넌 그런 것에 대해 이야기하고 싶을지도 모르겠구나. 나랑 이야기하고 싶거나, 아니면 아빠가 돌아오면 아빠랑. 아니면 아무하고도 이야기하고 싶지 않을지도 모르지. 그것도 괜찮아."

바보 같은 눈물. 밀로는 잠옷 윗도리 옷깃으로 두 눈을 닦았다.

"알았어요."

잔디를 가로질러 파인 씨가 눈 속을 뚫고 집을 향해 걸어오고 있었다.

"어쩌면 오늘 밤이 아닐 수도 있어요. 오늘은 크리스마스이브를 보내야죠."

"물론이지. 네가 원할 때는 언제라도 좋아."

밀로 엄마는 밀로를 다시 한 번 꼭 껴안았다. 밀로 아빠가 돌아와 부츠를 벗어던졌고, 파인 부인은 자신의 엄마의 옛날 크리스마스 캐롤 레코드를 틀었다. 조금씩, 그린글라스 하우스는 빈 여관에서 크리스마스 시즌의 밀로의 집으로 바뀌었다.

마침내 그들만 남은 파인 가족은 밤늦게까지 깨어 있었다. 마실 것으로는 핫 초콜릿이 있었고, 먹을 것으로는 스니커두들과 밀로 엄마가 포가튼이라고 부르는 둥글게 부푼 하얀 쿠키가 있었다. 엄마 아빠가 밀로를 방으로 비틀비틀 올려 보냈을 때는 자정이 한참 지나 있었다.

밀로는 침대로 기어들어 가 조각보 담요를 턱까지 끌어올렸다. 보통 크리스마스이브에 잠들 때까지는 무척 오래 걸렸지만, 오늘 밤은 눈이 저절로 미끄러져 감기는 것 같았다.

바람에 나무들이 바들바들 떨고 창백한 구름은 캄캄한 겨울 하늘을 가로질러 떠갔다. 그린글라스 하우스가 귀에 익은 잘 자라는 인사를 중얼거렸다. 밀로 파인은 잠이 들며 블랙잭과 밀수업자, 스콜리아스트와 여전히 찾아야 할 보물과 비밀로 가득한 집의 꿈을 꾸었다. 잠이 들기 전에 마지막으로 본 것은 이상한 길의 피규어였다. 아빠가 준 피규어가 오웬이 준 상아 드래곤과 나란히 침대 탁자 위에 놓아둔 곳에 있었다. 그런데 지금은 티어서와 드래곤만 있는 것이 아니었다. 그들 사이에 작은 올빼미 소녀 시린이 있었다.

"잘 자."

밀로가 속삭였다.

"곧 만나자."

작가의 말

2010년 남편과 나는 국제 입양 절차를 시작하기로 결정했다. 2013년 첫 아이, 그리핀이 태어난 뒤 우리가 직접 설명했듯이 불임 때문은 아니었다. 입양을 결정한 데는 많은 요인들이 있었다. 우리는 아이를 낳기로 결정했지만, 지구 반대편에 있는 미지의 가족 구성원을 포기할 마음은 없었다.

우리는 중국을 선택했다. 남편과 나는 둘 다 문화와 역사에 관심이 있었기 때문에 공부를 시작했다. 스스로도 했고 입양 기관과 함께도 했다. 우리가 읽고 토론한 많은 주제들 가운데는 정체성과 가족, 문화와 유산에 대한 문제도 있었다. 나의 책 〈브로큰 랜드〉를 읽은 독자라면, 진이 떠오르며 브루클린 다리 위에서 리아오가 진에게 했던 말이 생각날 것이다. 남편 네이선과 내가 입양을 결정할 무렵, 부차적인 인물이었던 진이 공동 주인공으로 바뀌었다는 사실을 안다고 해도 독자들은 놀라지 않을 거다.

나는 2011년 여름에 〈그린글라스 하우스〉를 쓰기 시작했다. 그 기간 동안 나의 비평 모임은 새로운 프로젝트를 격려하기 위해 서로 조언해 주기로 했다. 린지 일런드가 나의 스테인드글라스에 책임을 졌다. 그때를 돌이켜보면, 나는 늘 입양 가정에 대해 생각하고 있었고, 어떤 모습의 가정이 될지를 생각했다. 이러한 생각과 함께 입양을 준비하며 독서와 연구에 많은 시간을 보낸 결과, 밀로와 노라와 벤 파인이 탄생했다. 그러나 나는 오직 입양에 대한 이야기만 원하지는 않았다. 또한 이런 식으로 다른 가족에게 가야 했던 모든 아이들의 경험이 영원히 그리고 언제나 입양에 대한 것이라고 생각하지도 않았다. 그렇지만, 여관을 경영하는 가족의 이야기를 택했을 때 입양은 이야기의 일부분이 될 것이었다. 밀로가 세상을 보는 렌즈. 유일한 렌즈는 아니지만 중요한 렌즈였다.

　어떤 아이도 똑같지 않다. 그러므로 우리 가족이 될 중국 아이가 밀로처럼 태어난 가족에 대한 비밀스런 관심을 가질지 알 방법은 없다. 하지만 모든 아이는 다 출생한 가족이 있으므로, 그 가족은 늘 어떤 식으로든 내 아이의 삶에서 일부분을 차지할 것을 안다. (밀로처럼 친부모에 대해 뭔가를 알게 될 기회는 매우 적을 것이다) 만약 아이가 친부모에 대해 자주 궁금해하지 않는다면 난 매우 놀랄 거다. 나는 아이가 그런 궁금증을 가질 때 불편한 감정을 느끼지 않기를 바라며, 마음 편히 네이선과 그리핀과 나에게 이야기하기를 바란다. 그러나 아이들은 아이들이다. 괴로워해서는 안 될 때 말없이 괴로워하는, 작고 비밀스런 존재. 그래서 이 책은 그런 너를 이해한다고, 알고 있다고, 내 미래의 아이에게 쓰는 편지가 될 것이다. 불안을 버리렴.

원한다면 우리를 너의 궁금증 안에 들여보내 주렴. 우리가 너를 사랑한다는 것을 알아주렴. 너도 우리를 사랑한다는 걸 우리도 알고 있단다.

국제 입양 절차는 오랜 시간이 걸릴 수 있다. 먼 곳에서 온 어린 동생이 언제 우리 가족에게 오게 될지 정확히 알 수 없지만, 아마 그리핀이 네 살이나 다섯 살이 될 때쯤일 것 같다. 우리 세 사람 모두 중국으로 가서 가족의 가장 새로운 구성원이 될 아이를 함께 데려오고 싶다.

언제나 그렇듯 첫 번째 독자가 되어 주는 에디와 루시 파코스키, 줄리아 제, 엠마 험프리에게 감사하는 마음을 전한다. 나의 비평 모임 리사 아모위츠, 하이디 아야베, 피파 베일리스, 린다 버진스키, 도니엘 클레이턴, 린지 일런드, 캐시 지오다노, 트리시 헹, 신시아 케네디 헨젤, 크리스틴 존슨에게도 마찬가지로 끝없는 감사를 표한다. 에볼루션 무에타이의 브랜든 레비 크루 덕분에 작중 브랜든의 비밀스런 삶에 대해 쓸 수 있었다. 너무나 고맙다는 말을 전하고 싶다. 이 책이 형편없는 시놉시스에 불과할 때에도 믿어 주었던 앤 베하르와 린 폴비노에게 나는 평생 갚지 못할 빚을 졌다. 내게 기회를 준 배리 골드블라트에게도 고마움을 표한다. 부디 나를 자랑스러워하기를.

내가 형편없는 시놉시스보다 더 형편없는 상태였을 때에도 나를 사랑해 준 남편 네이선, 기저귀 가는 일 말고도 다른 일을 하도록 허락해 준 아이답지 않은 아이 그리핀, 모두에게 고맙다. 둘은 내가 가장 좋아하고 또 사랑하는 사람들이다.